Le Voyage indiscret

Dans le présent volume ont été réunies dix-sept nouvelles d'importance variable. La première, celle qui donne son titre au recueil, est un fragment autobiographique s'inspirant de la visite que fit Katherine Mansfield à Francis Carco en 1915, alors que celui-ci était mobilisé à Gray — récit d'une fugue désespérée.

Dans les seize autres nouvelles, toutes, à des titres divers, profondes et émouvantes, s'expriment la sensibilité frémissante de l'auteur (*La Fatigue de Rosabel, Le Vieil Underwood, Prise de voile*), sa compréhension de l'enfance et de l'adolescence (*Quelque chose d'enfantin mais de très naturel, La Pièce de six pence, La Balançoire*), la haine qu'elle voue à certaines formes de vie bourgeoise (*La Pension Séguin, Dans l'autobus, Bains turcs*).

Katherine Mansfield (en réalité Kathleen Mansfield Beauchamp) est née en 1888 à Wellington (Nouvelle-Zélande). Venue en 1903 poursuivre des études musicales en Angleterre, elle envisage d'abord une carrière de violoncelliste, puis se tourne vers l'écriture dont elle vit misérablement, pendant des années. Ce n'est qu'en 1920, lorsque ses nouvelles paraissent en recueils, Félicité, Prélude, La Garden-Party, La Maison de poupée, *que son talent est reconnu.*

La santé ébranlée par des années de privations, le choc causé par la mort au front de son frère, les aléas de son union avec le critique John Middleton Murry (épousé en 1918 qui deviendra son biographe et son éditeur), elle vient en France en 1922 chercher le réconfort dans l'enseignement du mage Gurdjieff. Elle meurt de tuberculose en janvier 1923 à Avon (Seine-et-Marne). Son Journal *et ses* Lettres *seront publiés respectivement en 1927 et 1934.*

Katherine Mansfield

Le Voyage indiscret

NOUVELLES TRADUITES DE L'ANGLAIS
PAR DIDIER MERLIN

Éditions du Seuil

TEXTE INTÉGRAL

EN COUVERTURE : Magritte, *l'Empire des lumières* (détail), 1949 ; collection particulière. Archives Lauros-Giraudon. © ADAGP.

ISBN 2-02-006346-8
(1re publication : ISBN 2-02-001347-9 éd. brochée ;
2-02-004019-0 éd. Luxe.)

LE VOYAGE INDISCRET

Elle ressemble à sainte Anne, oui, la concierge est l'image de sainte Anne, avec ce fichu noir sur la tête, ces nattes de cheveux gris qui pendent, et cette minuscule lampe fumeuse à la main. Vraiment très belle, pensai-je, souriant à sainte Anne qui dit sévèrement : « Six heures. Vous avez tout juste le temps. Il y a un bol de lait sur le bureau .» Je sautai hors de mon pyjama vers une bassine d'eau froide comme toute dame anglaise dans tout roman français. La concierge, persuadée que j'allais au devant de la prison et de la mort à coups de baïonnette, ouvrit les volets et la claire lumière froide traversa la pièce. Un petit remorqueur sur le fleuve fit entendre sa sirène; une voiture, ses deux chevaux au galop, passa en coup de vent. L'eau rapide tourbillonnait, les grands arbres noirs, sur l'autre rive, étaient groupés comme des nègres en palabre. Sinistre, très sinistre, songeai-je en boutonnant mon burberry vieilli par l'âge.

(Ce burberry avait une grande signification. Il ne m'appartenait pas. Je l'avais emprunté à une amie. Mon œil s'était posé sur lui, pendu dans la petite entrée obscure. Exactement ce qu'il me fallait. Le déguisement parfait : un vieux burberry. On affronte des lions en burberry. C'est enveloppées dans un burberry que des dames ont été secourues sur des radeaux en des mers démontées. Un vieil imperméable me semble être le signe et la garantie du voyageur vénérable et qu'on ne peut suspecter, décidai-je, laissant en échange mon manteau rouge en forme de toupie, à col et poignets de vrai phoque.)

— Vous ne parviendrez jamais jusque là-bas, dit la concierge, en me regardant remonter mon col. Jamais ! Jamais ! Je dégringolai les escaliers : ils résonnèrent étrangement, comme un piano fouetté par une bonne endormie — et sortis sur le quai.

— Pourquoi si vite, *ma mignonne*[1] ? dit un gentil petit garçon en chaussettes de couleur, sautillant devant les bourgeons de lotus courbes à l'entrée du « métro ». Hélas ! Je n'eus même pas le temps de lui envoyer un baiser. Quand j'arrivai à la grande gare, il me restait juste quatre minutes, et l'entrée du quai

[1] En français, dans le texte.

était envahie par une foule de soldats, feuilles jaunes à la main, portant de gros paquets malpropres. Le « Commissaire de police » se tenait d'un côté, un fonctionnaire anonyme de l'autre. Va-t-il me laisser passer ? Va-t-il me laisser passer ? pensai-je... Il était âgé, avait sa grasse figure bouffie couverte de grosses verrues. Des lunettes d'écaille étaient perchées sur son nez. Je m'avançai en tremblant. Je montrai mon plus doux sourire début de matinée, et le présentai avec mes papiers. Mais la délicate expression flotta, se heurta aux lunettes d'écaille et tomba. Cependant, l'homme m'autorisa à entrer, et je courus, courus en zigzag au milieu des soldats. Je montai en hâte les hautes marches d'un wagon jaune.

— Va-t-on directement à X... ? demandai-je au contrôleur qui perça mon ticket avec des pinces et me le rendis.

— Non, Mademoiselle, il faut que vous changiez à X, Y, Z.

— A... ?

— X, Y, Z.

Je n'avais pas encore compris.

— A quelle heure y arrive-t-on ?

— Une heure.

Mais cela ne me servait à rien de le savoir. Je n'avais pas de montre. Oh, tant pis, plus tard...

Ah ! Le train s'était mis en marche. Le train était avec moi. Il sortit en tanguant de la gare, et bientôt nous passâmes les jardins potagers, les grandes maisons à louer, aux persiennes fermées, les domestiques battant des tapis. Levé déjà, et marchant dans les champs, se reflétant rose dans les rivières et rouge au bord des étangs, le soleil se posa sur le train bercé, frappa mon manchon, et me fit comprendre qu'il fallait enlever ce burberry. Je n'étais pas seule dans le wagon. Une vieille femme était assise en face, sa jupe retroussée sur les genoux, un bonnet de dentelle noire sur la tête. Dans ses grosses mains, ornées d'une alliance et de deux bagues de deuil, elle tenait une lettre. Lentement, lentement elle absorbait une phrase, puis levait les yeux, regardait par la fenêtre, les lèvres tremblant un peu, puis une autre phrase, et encore le vieux visage se tournait vers la lumière, goûtant les mots... Deux soldats se penchaient par la fenêtre, leurs têtes se touchant presque. L'un d'eux sifflait, l'autre avait sa vareuse attachée avec des épingles de nourrice rouillées. Tantôt on voyait des militaires travaillant sur la voie du chemin de fer, appuyés sur des camions, ou debout les mains sur les hanches, les yeux fixés sur le train comme s'ils s'attendaient à voir apparaître au moins un appareil photographique à chaque fenêtre, tantôt on passait de grands baraquements en bois ressemblant à des salles de bal...

Sur chacun d'eux flottait un drapeau. Des infirmiers de la Croix-Rouge y entraient et en sortaient. Les blessés étaient assis contre les murs, se chauffant au soleil. A tous les ponts, les embranchements, les gares, il y avait un *petit soldat*[1], dont l'équipement essentiel paraissait être les godillots et la baïonnette. Il avait l'air abandonné et désolé, ressemblait à une image comique attendant que la légende soit écrite en dessous. Existe-t-il une chose comme la guerre ? Toutes ces voix qui rient vont-elles vraiment à la guerre ? Ces bois sombres éclairés si mystérieusement par les troncs blancs des bouleaux et des hêtres, ces champs humides avec de grands oiseaux qui les survolent, ces rivières vertes et bleues à la lumière — a-t-on livré des batailles en de tels lieux ?

Quels beaux cimetières nous passons. Ils défilent en un éclair joyeux au soleil. Ils semblent emplis de fleurs des champs, de coquelicots et de pâquerettes. Comment peut-il y avoir autant de fleurs à cette époque de l'année ? Mais ce ne sont pas des fleurs du tout. Ce sont des flots de rubans attachés aux tombes de soldats.

Je levai les yeux et attrapai le regard de la vieille femme. Elle sourit et plia la lettre.

— Elle vient de mon fils : la première que nous ayons eue depuis octobre, dit-elle. Je la porte à ma brue.

— ... ?

— Oui, très bien, reprit la vieille, faisant tomber

---

[1] En français.

sa jupe en la secouant et passant son bras sous l'anse de son panier. Il veut que je lui envoie des mouchoirs et de la ficelle forte.

A quelle gare dois-je changer ? Peut-être ne le saurai-je jamais. Je me levai et appuyai les bras à la barre de la fenêtre, les jambes croisées. Une joue me brûlait comme lorsque j'étais enfant, en route pour le bord de la mer. Quand la guerre finira, j'aurai une péniche et voguerai le long de ces rivières avec un chat blanc et un pot de réséda pour me tenir compagnie. Descendant à flanc de coteau des troupes défilèrent, rouges et bleues dans la lumière. Plus loin, mais parfaitement visibles, d'autres passèrent à bicyclette, comme des oiseaux. Mais vraiment, *ma France adorée*[1], cet uniforme est ridicule. Vos soldats se détachent sur votre sein comme de brillantes gravures irrévérencieuses.

Le train ralentit, s'arrêta. Tout le monde descendit sauf moi. Un fort garçon, des sabots attachés dans le dos par une ficelle, l'intérieur de son « quart » teint d'un délicieux rose indescriptible, semblait très aimable. On change peut-être ici pour X... ? Un autre (dont le képi semblait sortir d'une pochette-surprise) porta à terre ma valise. Les soldats sont des amours ! *Merci bien, monsieur, vous êtes tout à fait aimable*[1].

---

[1] En français.

« Pas par là », dit une baïonnette. « Ni par ici », dit une autre. Je suivis donc la foule. « Votre passeport, mademoiselle »... *Nous, Sir Edward Grey*[1]... Je courus à travers le jardin boueux et entrai au buffet.

C'était une salle verte avec un poële fumeux et des tables de chaque côté... Sur le comptoir, embelli de bouteilles colorées, une femme s'appuie, la poitrine dans ses bras croisés. Par une porte ouverte, je peux voir une cuisine, le cuisinier en veste blanche cassant des œufs dans un bol et jetant les coquilles dans un coin. Les vareuses bleues et rouges des hommes en train de manger pendent au mur. Leurs baïonnettes et ceinturons sont entassés sur des chaises. Mon Dieu ! quel bruit... L'air ensoleillé en semblait tout secoué et tremblant. Un petit garçon, très pâle, courait de table en table, prenant les commandes, et me versa une tasse de café pourpre. Sssh : on entendit frire les œufs. Ils étaient dans un plat. La femme se précipita hors du comptoir pour aider le jeune garçon. « Tout de suite, tout de suite », dit-elle en claquant la langue aux fortes voix impatientes. Il y eut des heurts d'assiettes, et le pop-pop de bouchons enlevés.

Tout à coup, dans l'entrée, je vis quelqu'un avec un seau de poissons : du poisson foncé, piqueté, tel qu'on en voit dans les aquariums, nageant à travers des forêts de belles algues. C'était un vieil homme en veste

---

[1] Formule qui se trouve en tête du passeport.

rapiécée, attendant debout, humble, que quelqu'un s'occupât de lui. Une barbe fine tombait sur sa poitrine, ses yeux, sous les sourcils touffus, étaient tournés vers le seau qu'il portait. Il semblait échappé de quelque image sainte, et paraissait implorer des soldats le pardon pour sa seule présence...

Mais qu'aurais-je pu faire ? Je ne pouvais pas arriver à X avec deux poissons pendus à un chalumeau ; et je suis sûre que c'est un délit, en France, de jeter du poisson par la fenêtre d'un wagon, pensai-je, en me hissant tristement dans un train plus petit et plus pauvre. Peut-être aurais-je pu les apporter à — *Ah, mon Dieu*[1] ! j'avais encore oublié le nom de mon oncle et de ma tante ! Buffard, Buffon, qu'était-ce au juste ? A nouveau, je lus la lettre non familière à l'écriture familière.

« Ma chère nièce,

« Maintenant que le temps est plus sûr, votre oncle et moi serions charmés si vous vouliez nous faire une petite visite. Télégraphiez-moi pour me dire quand vous venez. Je viendrai vous chercher à la sortie de la gare si je suis libre. Autrement, notre bonne amie, Mme Grinçon, qui habite la petite maison de l'octroi près du pont, *juste en face de la gare*[1], vous conduira chez nous. *Je vous embrasse bien tendrement*[1], Julie Boiffard ».

---

[1] En français.

Une carte de visite était jointe : M. Paul Boiffard. Boiffard. Évidemment, voilà le nom. *Ma tante Julie et mon oncle Paul*[1]. Soudain, ils furent là devant moi, plus réels, plus solides, que tous les parents que j'eusse jamais connus. Je voyais *tante Julie*[1] se rengorgeant, la soupière dans les mains, et *oncle Paul*[1], assis à table, une serviette rouge et blanche nouée autour du cou. Boiffard, Boiffard. Je dois me rappeler ce nom. Si le Commissaire militaire me demande qui sont les parents que je vais voir, et que j'emmêle le nom : ce serait fatal ! Buffard, non Boiffard. Et, à ce moment, pour la première fois, en pliant la lettre, je vis, griffonné dans un coin du verso vide : *Venez vite, vite*[1]. Étrange femme, et impulsive ! Mon cœur commença à battre.

— Ah ! nous ne sommes pas loin maintenant, dit la dame en face. Vous allez à X..., mademoiselle ?

— Oui, madame.

— Moi aussi... Vous y êtes déjà allée ?

— Non, madame. C'est la première fois.

— Vraiment, c'est un curieux moment pour une visite.

Je souris timidement, et m'efforçai de garder les yeux loin de son chapeau. C'était une petite femme tout à fait ordinaire, mais elle portait une toque de velours noir, juste au sommet de laquelle campait une

[1] En français.

mouette à l'air incroyablement étonné. Les yeux ronds de la bête, fixés sur moi si inquisiteurs, étaient presque insupportables. Je me sentais — c'était terrible — poussée à l'arracher, ou bien à me pencher en avant pour informer la dame de sa présence.

— *Excusez-moi*[1], madame, mais peut-être n'avez-vous pas remarqué qu'il y a une *espèce de*[1] mouette, *couchée sur votre chapeau*[1] ?

L'oiseau pourrait-il être là à dessein ? Je ne dois pas rire, je ne dois pas rire. S'était-elle jamais regardée dans une glace avec cet oiseau sur la tête ?

— C'est très difficile d'aller à X... en ce moment, de sortir de la gare, dit-elle, avec un mouvement de la tête et de la mouette à mon intention. Ah ! c'est tout une affaire! On doit signer son nom, et déclarer pourquoi on vient.

— C'est vraiment aussi sévère que ça ?

— Mais naturellement. Voyez-vous, toute la ville est entre les mains des militaires et — elle secoua les épaules — il faut qu'ils soient stricts. Beaucoup de gens ne dépassent pas la gare. On arrive. On est mis dans la salle d'attente, et on y reste.

Ai-je ou n'ai-je pas discerné dans sa voix une délectation singulière, insultante.

— Je suppose qu'une telle sévérité est absolument nécessaire, dis-je froidement, tapant mon manchon.

[1] En français.

— Nécessaire, s'écria-t-elle, je le crois plutôt ! Mais, *Mademoiselle*[1], vous ne pouvez imaginer comment ce serait autrement. Vous savez comme sont les femmes avec les soldats — elle leva une main en un geste décisif — folles, complètement folles. Mais, — et elle eut un petit rire de triomphe — elles ne pourraient pas entrer dans X... *Mon Dieu*[1], non. Il n'en est pas question.

— Je pense qu'elles n'essayent même pas, dis-je.

— Vraiment ? demanda la mouette.

Madame ne dit rien pendant un moment.

— Évidemment, reprit-elle, les autorités sont très dures avec les hommes. L'emprisonnement est immédiat; puis l'envoi au feu sans un mot d'explication.

— Qu'est-ce que tu peux aller faire à X... ? dit la mouette. Qu'est-ce que tu peux bien faire ici ?

— Vous devez rester longtemps à X.... *Mademoiselle* ?[1]

Elle avait gagné, elle avait gagné. J'étais terrifiée. Une lumière nagea à côté du train sur laquelle était inscrit le nom fatal. J'eus à peine le temps de respirer que le train s'était arrêté. Je souris gaiement à Madame et descendis sur le quai en dansant sur les marches...

Je me trouvai dans une petite pièce très chaude meublée... de deux colonels assis à deux tables. C'étaient deux hommes grands, à moustache grise,

---

[1] En français.

avec une tache de rouge feu sur les joues. Ils paraissaient superbes et omnipotents. L'un d'eux fumait ce que les dames aiment appeler une cigarette égyptienne au lourd parfum, avec une longue cendre couleur crème, l'autre jouait avec une plume en or. Leurs têtes roulaient sur des cols serrés, comme de gros fruits trop mûrs. J'eus comme la sensation terrible, lorsque je tendis mon passeport et mon ticket, qu'un soldat allait faire un pas en avant et me dire de m'agenouiller. Je l'aurais fait, sans aucun doute.

— Qu'est-cela ? dit Dieu nº 1, d'un ton aigre. Il n'aimait pas du tout mon passeport. La seule vue de ce document paraissait l'ennuyer. Il agita une main désapprobatrice en le montrant, avec un air de *non, je ne peux pas manger ça*[1].

— Mais, ça ne va pas. Ca ne va pas du tout, vous savez. Voyez, lisez vous-même. Et il regarda ma photographie avec un immense dégoût, et avec un plus grand dégoût encore, ses yeux d'agate me fixèrent.

— Il est vrai que la photographie est déplorable, dis-je respirant à peine, de terreur, mais elle a été visée et visée. Il souleva son fort tonnage et alla vers Dieu nº 2.

— Courage, confiai-je à mon manchon, en le tenant fermement. Courage.

---

[1] En français.

Dieu n° 2 pointa un doigt vers moi, et je produisis la lettre et la carte de tante Julie. Mais il ne parut pas y prendre le moindre intérêt. Il tamponna mon passeport à loisir, griffonna un mot sur mon ticket, et je me retrouvai sur le quai.

— Par ici, vous sortez par ici.

Terriblement pâle, avec une ombre de sourire sur les lèvres, saluant de la main, se tenait là le petit caporal. Je ne fis aucun signe, je suis sûre que je ne fis aucun signe. Il marcha derrière moi.

— Et maintenant, suivez-moi comme si vous ne me voyiez pas, l'entendis-je dire mi-murmure, mi-chanson.

Comme il allait vite, dans la boue glissante, vers un pont ! Il avait une sacoche de facteur au dos, un paquet de papier, et *le Matin* à la main. Nous zigzaguions au milieu d'un dédale policier, semblait-il, et je ne pouvais me maintenir au pas du petit caporal qui se mit à siffler. De la maison d'octroi, « notre bonne amie, Mme Grinçon », les mains enveloppées dans un châle, observa notre arrivée. Tout contre le bâtiment était penché un minuscule fiacre aux couleurs passées. « Montez vite, vite ! » dit le petit caporal, jetant sur le plancher ma valise, la sacoche de facteur, le paquet de papier et *le Matin*.

— Aïe, aïe ! Ne soyez pas si fou. Ne vous excitez pas. Vous allez être vus, gémit notre « bonne amie », Mme Grinçon.

— *Ah, je m'en f...*,[1] dit le petit caporal.

Le cocher se secoua et s'agita. Il fouetta le cheval squelettique, et nous nous envolâmes, les deux portes, qui formaient chacune tout le côté du fiacre, sautant et battant : et bing ! et bang !

— *Bonjour, mon amie*[1]

— *Bonjour, mon ami*[1]

Et puis nous nous penchâmes et agrippâmes les portes bruyantes. Elles ne voulaient pas rester fermées. C'étaient des imbéciles de portes.

— Mettez-vous en arrière, laissez-moi faire, criai-je. Il pousse ici des policiers comme des violettes.

Devant la caserne, le cheval se cabra et s'arrêta. Une foule de visages qui riaient obscurcit la vitre.

— *Prends ça, mon vieux*[1], dit le petit caporal et il tendit le paquet de papier.

— Ça va, cria quelqu'un.

Nous fîmes des signes de la main, et repartîmes, le long d'une rivière, d'une étrange rue blanche, avec de petites maisons de chaque côté, gaies dans la tardive lumière du soleil.

— Sautez aussitôt qu'il s'arrêtera à nouveau. La porte sera ouverte. Courez droit à l'intérieur. L'homme est déjà payé. Je sais que vous aimerez la maison. Elle est tout à fait blanche. Et la chambre est blanche aussi, et les gens sont...

---

[1] En français.

— Blancs comme neige.

Nous nous regardâmes, et nous mîmes à rire. « Eh bien », dit le petit caporal.

Je volai hors de la voiture et passai la porte. Là se tenait, vraisemblablement, ma tante Julie. Là, en arrière-plan, planait, supposais-je, mon oncle Paul.

— *Bonjour, madame, bonjour monsieur* [1]

— Ça va, vous êtes en sûreté, dit ma tante Julie. Ciel, combien je l'aimai. Elle ouvrit la porte de la chambre blanche, et la referma sur nous. La valise, la sacoche du facteur, *le Matin* valsèrent par terre. J'envoyai en l'air mon passeport, et le petit caporal l'attrapa.

Quelle chose extraordinaire ! Nous avions été déjeuner et dîner là tous les jours; mais maintenant, à la tombée du jour, je ne pouvais trouver l'endroit. Je pataugeais — clop, clop — dans mes sabots d'emprunt, au milieu de la boue grasse, jusqu'au bout du village, et il n'y en avait trace. Je ne pouvais même pas me rappeler à quoi cela ressemblait, ou s'il y avait un nom peint à l'extérieur, ou des bouteilles, des tables visibles par la fenêtre. Déjà les maisons du village étaient scellées pour la nuit derrière de grands volets en bois. Elles apparaissaient, dans la lumière chassée en haillons et la pluie fine, étranges et mystérieuses,

[1] En français.

comme une compagnie de mendiants perchés à flanc de coteau, cachant en leur intérieur quelque butin maudit. Il n'y avait personne dehors que les soldats. Un groupe de blessés se tenaient sous une lanterne, caressant un chien galeux, tremblant. Quatre grands gars montèrent la rue en chantant :

Dodo, mon homme, fais vit'dodo... [1]

puis dévalèrent la colline vers leur baraquement derrière la gare. Ils parurent emporter avec eux le dernier souffle du jour. Je commençai à revenir lentement sur mes pas.

« Ce doit être une de ces maisons. Je me souviens qu'elle était très en retrait de la route, et il n'y avait pas de marches, pas même un porche. On avait l'impression d'entrer directement par la fenêtre. » Juste alors surgit soudain d'un bâtiment semblable le jeune garçon de café. Il me vit, sourit joyeusement et se mit à siffler entre ses dents.

— *Bonsoir, mon petit* [1].

— *Bonsoir, madame* [1]. Et il me suivit dans le café jusqu'à notre table particulière, tout au bout à côté de la fenêtre, et marquée par un bouquet de violettes que j'avais laissé dans un verre la veille.

— Vous êtes deux? demanda le jeune garçon, battant la table avec une serviette rouge et blanche. Ses longues enjambées firent écho sur le plancher nu.

---

[1] En français.

Il disparut dans la cuisine et revint pour allumer la lampe pendue au plafond sous un large abat-jour qui faisait penser à un chapeau de moissonneur. Une lumière chaude brilla sur la salle vide qui était en réalité une grange, assortie de tables et de chaises en ruines. Au milieu fumait un poêle noir. Sur un côté, il y avait une table avec une rangée de bouteilles, derrière lesquelles Madame recevait l'argent, et inscrivait, sur un livre rouge, les commandes. En face de son comptoir, une porte conduisait à la cuisine. Les murs étaient couverts d'un papier couleur crème peint de gros arbres verts : par centaines et par centaines, ceux-ci dressaient leur tête de champignon vers le plafond. J'en vins à me demander qui avait choisi le papier et pourquoi. Madame pensait-elle que c'était beau, ou qu'il était agréable et gai de prendre son dîner en toutes saisons au milieu d'une forêt... De chaque côté de la pendule était accroché un tableau : I. un jeune homme en culotte collante noire faisant la cour, par-dessus une chaise de jardin, à une dame en forme de poire, habillée en jaune, « Première Rencontre »; II. noir et jaune en confusion amoureuse, « Triomphe d'Amour ».

Le tic tac de la pendule chantait, apaisant : « C'est ça, c'est ça »... Dans la cuisine, le garçon faisait la vaisselle. J'entendais la conversation de fantômes que faisaient les plats.

Et des années passèrent. La guerre est peut-être

finie depuis longtemps — dehors, il n'y a pas de village du tout — les rues sont tranquilles sous l'herbe. J'ai l'idée que c'est la sorte de chose qu'on fera en l'ultime, ultime jour : être assis dans un café, écouter une pendule dont le tic tac continuera jusqu'à...

Madame entra par la porte de la cuisine, me fit un signe de tête, et prit sa place derrière la table, ses mains grassouillettes repliées sur le livre rouge. Bang! fit la porte. Une poignée de soldats entrèrent, enlevèrent leurs vareuses et se mirent à jouer aux cartes, blaguant et plaisantant le joli garçon de café, qui redressa sa petite tête ronde, écarta son épaisse frange de ses yeux, et rendit blague pour blague de sa voix cassée. Quelquefois celle-ci explosait, profonde et discordante, du fond de sa gorge, et puis, au milieu d'une phrase, elle se brisait en un couac comique. Le garçon lui-même semblait s'en amuser. On n'eût pas été surpris s'il était allé dans la cuisine sur les mains, et avait ramené le dîner tout en faisant partir un soleil de feu d'artifice.

Bang! fit de nouveau la porte. Deux autres hommes arrivèrent. Ils s'assirent à la table la plus proche de Madame, et elle se pencha vers eux dans un mouvement d'oiseau, la tête d'un côté. Oh ! ils avaient du tracas ! Le lieutenant était un imbécile — mettant son nez partout, tombant sur eux — et ils n'avaient fait que coudre des boutons... Oui, c'était tout, coudre des boutons, et voilà que surgit ce jeune godelureau. « Eh bien, qu'est-ce que vous êtes en train de faire ? » Ils singèrent la voix stupide. Madame fit la moue, exprimant sa sympathie par hochements de tête. Le garçon avança des verres. Il prit une bouteille de liquide couleur orange, et la mit au bord de la table. Un cri des joueurs de cartes le fit se retourner brusquement, et patatras ! la bouteille se renversa, arrosant la table, puis, crac ! tomba par terre où elle s'éparpilla en atomes tintants... Un silence stupéfait. A travers celui-ci, le « drip drip » du vin coulant de la table sur le parquet. Cela faisait un curieux effet, cet écoulement si lent, comme si la table pleurait. Bientôt des cris fusèrent du côté des joueurs de cartes. « Tu as gagné, mon garçon ! Voilà comment on travaille ! Bien réussi... Sept, huit, neuf ! » Ils se remirent au jeu. Le garçon ne dit pas un mot. Il resta, la tête inclinée, les mains ouvertes, puis s'agenouilla, ramassa le verre, morceau par morceau, épongea le vin avec une serviette. Ce fut seulement quand Madame s'écria joyeusement « Attends seulement qu'*il* l'apprenne » qu'il leva la tête.

— Il ne pourra rien dire si je la paye, marmonna-t-il, la figure crispée, et il s'en fut dans la cuisine avec la serviette.

— *Il pleure de colère* [1] dit Madame avec délice, arrangeant ses cheveux de sa main grasse.

[1] En français.

Le café s'emplissait lentement, et il faisait de plus en plus chaud. De la fumée bleue montait des tables et demeurait suspendue en couronnes de brume autour du chapeau de moissonneur. Il régnait une odeur suffocante de soupe à l'oignon, de bottines et d'étoffe moite. Dans le tintamarre la porte résonna encore. Elle s'ouvrit pour faire place à un grand diable d'homme, qui appuya son dos contre elle et avec la main s'abrita les yeux de la lumière.

— Salut, on t'a enlevé le bandage?

— Comment te sens-tu, mon vieux?

— Montre-les-voir.

Mais il ne répondit pas. Il haussa les épaules et marcha d'un pas mal assuré vers une table, s'assit, et s'appuya contre le mur. Lentement sa main tomba. Dans son visage livide, ses yeux apparaissaient roses comme ceux d'un lapin. Ils débordaient et coulaient, débordaient et coulaient. Il sortit un chiffon blanc de sa poche et les essuya.

— C'est la fumée, dit quelqu'un. C'est la fumée qui te les irrite.

Ses camarades le regardèrent un peu, regardèrent ses yeux s'emplir de nouveau, et de nouveau déborder. L'eau courait le long de sa figure, coulait de son menton sur la table. Il l'essuyait avec la manche de sa vareuse, et puis, comme frappé d'oubli, continua de frotter, de frotter avec sa main par le travers de la table, le regard fixe en face de lui. Il se mit ensuite à secouer la tête au mouvement de sa main. Il émit un étrange et fort grognement, et sortit de nouveau le chiffon.

— *Huit, neuf, dix* [1], dirent les joueurs de cartes.

— *P'tit* [1] encore du pain !

— Deux cafés.

— *Un Picon !* [1]

Le garçon tout à fait remis, mais les joues écarlates, courait de-ci, de-là. Une querelle terrible éclata parmi les joueurs de cartes, fit rage pendant deux minutes, et mourut dans un éclat de rire spasmodique. Ouf ! grogna l'homme aux yeux, se balançant et s'épongeant. Mais personne ne fit attention à lui, sauf Madame. Elle fit une petite grimace à ses soldats.

— *Mais, vous savez, c'est un peu dégoûtant, ça* [1], dit-elle sévèrement.

— *Ah ! oui, madame* [1] répondirent les soldats, regardant sa tête penchée et ses jolies mains, alors qu'elle arrangeait pour la centième fois une bordure de dentelle sur son sein relevé.

— *V'là Monsieur !* [1] croassa le garçon par-dessus son épaule. Pour quelque raison bête, je fis semblant de ne pas entendre, et me penchai sur la table respirant les violettes, jusqu'à ce que la main du petit caporal se fermât sur la mienne.

---

[1] En français.

— Prenons-nous *un peu de charcuterie*[1] pour commencer ? demanda-t-il tendrement.

. . . .

— En Angleterre, dit le soldat aux yeux bleus, vous buvez du whisky aux repas. *N'est-ce pas, Mademoiselle?*[1] Un petit verre de whisky sec avant de manger. Du whisky soda avec vos « biftecks » et après, encore du whisky avec de l'eau chaude et du citron.

— C'est vrai, ça ? demanda son grand ami qui était assis en face, homme de forte corpulence à la figure rouge, à la barbe noire, aux larges yeux humides, et dont les cheveux semblaient comme avoir été coupés à la machine à coudre.

— Eh bien, pas tout à fait vrai, dis-je.

— *Si, si*[1], s'écria le soldat aux yeux bleus. Je le sais bien. Je suis dans les affaires. Des voyageurs anglais viennent chez moi, et c'est toujours la même chose.

— Bah ! je ne peux pas souffrir le whisky, dit le petit caporal. C'est trop dégoûtant le lendemain matin. Vous rappelez-vous, *ma fille*[1], le whisky dans ce petit bar à Montmartre ?

— *Souvenir tendre*[1], soupira Barbe Noire, mettant deux doigts sur sa poitrine à l'intérieur de sa veste, et laissant tomber la tête. Il était très ivre.

— Mais je connais quelque chose que vous n'avez

[1] En français.

jamais goûté, dit le soldat aux yeux bleus, pointant son doigt vers moi, quelque chose de vraiment bon. Clac, fit-il de la langue. *É-pa-tant !*[1] Et la chose curieuse c'est que vous la distingueriez à peine du whisky, sauf que c'est — il chercha le mot à tâtons avec la main — plus fin, plus doux peut-être, pas si raide, et cela vous laisse le lendemain matin aussi gai qu'un lapin.

— Comment appelez-vous cela ?

— De la mirabelle ! Il roula le mot autour de sa bouche sous sa langue. Ah ! ah ! Ça, c'est quelque chose.

— Je pourrais manger un autre plat de champignons, dit Barbe Noire. J'aimerais beaucoup un autre plat de champignons. Je suis sûr que je pourrais manger un autre plat de champignons, si mademoiselle me les faisait manger de sa main.

— Vous devriez la goûter, dit le soldat aux yeux bleus, appuyant les deux mains sur la table et parlant avec un tel sérieux que je commençai à me demander dans quelle mesure il était plus à jeûn que Barbe Noire. Vous devriez l'essayer, et ce soir. J'aimerais que vous me disiez si vous ne trouvez pas que c'est pareil au whisky.

— Ils en ont peut-être ici, dit le petit caporal, et il appela le garçon. *P'tit !*[1]

— *Non, monsieur*[1], dit le garçon, sans cesser de

[1] En français.

sourire. Il nous mit les assiettes à dessert sur lesquelles étaient peints des perroquets bleus et des hannetons.

— Quel est le nom de cela en anglais ? dit Barbe Noire, indiquant du doigt un perroquet. Je lui dis : « parrot ».

— *Ah ! mon Dieu.* [1] Pair-rot. Il enlaça des bras son assiette. Je vous aime, *ma petite* [1] pair-rot. Vous êtes douce, vous êtes blonde, vous êtes anglaise. Vous ne connaissez pas la différence entre le whisky et la mirabelle.

Le petit caporal et moi nous regardâmes en riant. Il plissait les yeux de telle manière alors, qu'on ne voyait plus rien que ses longs cils recourbés.

— Moi, je connais un endroit où je suis sûr qu'il y en a, dit le soldat aux yeux bleus. *Café des Amis* [1]. Nous allons y aller, Je paierai, je paierai pour nous tous. Son geste embrassa des milliers de francs.

Mais, avec un fort bruit de ronron, la pendule sur le mur sonna huit heures et demie ; et les soldats n'ont pas la permission de rester dans un café après huit heures.

— Elle avance, dit le soldat aux yeux bleus. La montre du petit caporal était de cet avis. Et aussi l'énorme navet que Barbe Noire produisit, et déposa soigneusement sur la tête d'un des hannetons.

— Ah ! eh bien, nous allons prendre le risque, dit le

[1] En français.

soldat aux yeux bleus, et il fourra les bras dans son immense vareuse qui semblait être de carton. Ça vaut la peine, dit-il. Ça vaut la peine. Vous allez voir.

Dehors les étoiles brillaient entre des traînées de nuages, et la lune voltigeait comme la flamme d'une bougie au-dessus d'une aiguille pointue. L'ombre des arbres obscurs pareils à des plumes s'agitait sur les maisons blanches. Pas une âme en vue. Pas un son à entendre sinon le tchou tchou d'un train au lointain, comme une grosse bête remuant dans son sommeil.

— Vous avez froid, murmura le petit caporal. Vous avez froid, *ma fille*[1].

— Non, vraiment pas.

— Mais vous tremblez.

— Oui, mais je n'ai pas froid.

— Comment sont les femmes en Angleterre, demanda Barbe Noire. Après la guerre, j'irai là-bas. Je trouverai une petite femme anglaise et l'épouserai, elle et son *pair-rot*. Il éclata d'un gros rire étouffé.

— Idiot, dit le soldat aux yeux bleus en le secouant; et il se pencha vers moi. C'est seulement au second verre qu'on en a vraiment le goût, murmura-t-il. Le second petit verre et alors, ah! alors, vous savez.

Le « *Café des Amis* » brillait au clair de lune. Nous jetâmes un coup d'œil rapide à droite et à gauche de la route. Nous montâmes précipitamment les quatre

[1] En français.

marches de bois, ouvrîmes la porte vitrée à sonnette pour entrer dans une chambre basse, éclairée par une lampe suspendue, et où une dizaine de personnes étaient en train de dîner, assises à une table étroite, sur deux bancs.

— Des soldats, cria une femme, bondissant de derrière une soupière blanche, — un véritable échalas, cette femme, enveloppée d'un châle noir. Des soldats ! A cette heure ! Regardez cette pendule, regardez-la. Et elle désigna la pendule avec la louche dégouttante.

— Elle avance, dit le soldat aux yeux bleus. Elle avance, madame. Et ne faites pas tant de bruit, je vous en prie. Nous allons boire et partir.

— Vraiment ? s'écria-t-elle, courant autour de la table et se plantant devant nous. C'est justement ce que vous ne ferez pas. Venir dans la maison d'une honnête femme, à cette heure de la nuit, faire une scène, attirer la police après vous. Ah ! non. Ah ! non. C'est une honte, voilà ce que c'est !

— Chut ! dit le petit caporal, tenant la main en l'air. Silence de mort durant lequel nous entendîmes des pas.

— La police, murmura Barbe Noire, clignant de l'œil à l'adresse d'une jolie fille avec des anneaux dans les oreilles. Elle lui rendit un sourire de mauvais aloi. Chut ! ajouta-t-il.

Les visages se relevèrent, à l'écoute. « Comme ils sont beaux, pensai-je. On dirait un groupe de famille prenant le souper dans le *Nouveau Testament.* » Les pas s'évanouirent.

— Bien fait pour vous si vous aviez été pris, gronda la femme en colère. Je regrette pour vous que la police ne soit pas venue. Vous le méritez, vous le méritez.

— Un petit verre de mirabelle et nous partirons, insista le soldat aux yeux bleus.

Tout en continuant à gronder et à marmonner, elle prît quatre verres et une grande bouteille dans un buffet. « Mais vous n'allez pas boire ici. Ne croyez pas ça .»

Le petit caporal courut dans la cuisine ! Pas par là, pas par là, imbécile ! s'écria-t-elle. Vous ne voyez pas qu'il y a une fenêtre par là et un mur en face où la police vient tous les soirs pour...

— Chut ! Autre alerte.

— Vous êtes fous, et finirez en prison tous les quatre, dit la femme. Elle s'élança hors de la pièce. Nous la suivîmes sur la pointe des pieds dans une obscure office, pleine de plats emplis d'eau grasse, de feuilles de salade et d'os de viande.

— Là, ici, dit-elle, posant les verres. Buvez et allez-vous-en !

— Ah! enfin. La voix heureuse du soldat aux yeux bleus filtra à travers l'obscurité. Qu'en pensez-vous ? N'est-ce pas exactement ce que je vous ai dit ? Est-ce que ça n'a pas le goût d'un excellent, « ex-cellent » whisky ?

LA FATIGUE DE ROSABEL

A l'angle d'Oxford Circus, Rosabel acheta un bouquet de violettes, et c'est pourquoi, pratiquement, elle eût un si maigre repas, car un croissant, un œuf à la coque et une tasse de chocolat chez *Lyon's* ne sont vraiment pas suffisants après une journée de dur travail chez une modiste. Tandis qu'elle se balançait sur la marche de l'autobus, saisissait sa jupe d'une main, s'agrippait à la rampe de l'autre, Rosabel pensa qu'elle aurait sacrifié son âme pour un bon dîner — canard rôti aux petits pois, farci aux marrons, pudding avec sauce brandy — quelque chose de chaud, de fort et de « consistant ». Elle s'assit à côté d'une jeune fille tout à fait de son âge qui lisait *Anna Lombard* dans une édition brochée à bon marché, et que la pluie avait mouchetée comme de larmes.

Rosabel regarda par la vitre; la rue apparaissait brouillée et brumeuse, mais la lumière qui frappait les vitrines changeait leur teinte neutre en opale et argent, et les bijouteries aperçues étaient des palais de conte de fées. Elle avait les pieds terriblement mouillés, et savait que le bas de sa jupe et de son jupon seraient couverts de boue noire et grasse. Il y avait une odeur d'humanité tiède — à rendre malade — qui semblait émaner de tout le monde dans l'autobus, et tous avaient la même expression, assis tellement immobiles, regardant droit devant eux. Combien de fois avait-elle lu cette publicité « Sapolio épargne du temps, épargne du travail » « la sauce tomate *Heinz* » et le dialogue ennuyeux et vain entre médecin et juge sur les mérites excellents de « Lamplough's Pyretic Saline ». Elle jeta un coup d'œil sur le livre que la jeune fille lisait avec un si grand intérêt en remuant les lèvres d'une manière qu'elle détestait tant, léchant pouce et index à chaque page tournée. Elle ne pouvait pas voir très clairement; il était question d'une nuit chaude, voluptueuse, d'un orchestre qui jouait, et d'une femme avec des épaules admirablement blanches. Mon Dieu! Rosabel se remua tout à coup et défit les deux boutons du haut de son manteau... Elle se sentait presque étouffée. A travers ses yeux mi-clos, tout le rang opposé sembla se fondre en un seul visage d'une stupide fixité...

Et ce fut son arrêt. Elle faillit buter pour sortir et

bascula sur la jeune fille à côté d'elle. « Pardon » dit Rosabel, mais elle n'obtint même pas un regard. Rosabel vit sa voisine sourire à ce qu'elle lisait.

Westbourne Grove ressemblait à ce qu'elle avait toujours imaginé être Venise la nuit, mystérieux, sombre, les fiacres mêmes étaient comme des gondoles apparaissant et disparaissant, et les lumières se mouvaient jaune pâle — langues de flamme léchant la rue mouillée — poissons magiques nageant dans le Grand Canal. Elle fut plus que contente d'atteindre Richmond Road, mais du coin de la rue, jusqu'à ce qu'elle arrivât au nº 26, elle pensa à ces quatre étages. Oh! pourquoi quatre étages? Quel crime de croire que les gens peuvent habiter si haut. Chaque maison devrait avoir un ascenseur, quelque chose de simple et bon marché, ou bien un escalier mécanique comme dans les grands magasins, mais quatre étages! Quand elle fut dans l'entrée et vit le premier palier en face d'elle, et la tête d'albatros empaillée, apparition fantomatique faiblement éclairée par la lumière du petit bec de gaz, elle pleura presque. Cela ressemblait beaucoup à la montée d'une côte abrupte à bicyclette, mais il n'y avait pas la satisfaction de se laisser glisser en descente de l'autre côté. Enfin, sa chambre! Elle ferma la porte, alluma le gaz, enleva manteau et chapeau, sa jupe, sa blouse, décrocha sa vieille robe de chambre de flanelle derrière la porte, la passa, puis délaça ses souliers. A la réflexion, elle jugea que ses bas n'étaient pas assez humides pour être changés. Elle se dirigea vers la table de toilette. La cruche n'avait pas été de nouveau remplie ce jour-là. Il y avait à peine assez d'eau pour tremper l'éponge, et la cuvette perdait son émail : c'était la deuxième fois que Rosabel s'écorchait le menton.

Il était juste 7 heures. Si elle ouvrait les persiennes et éteignait le gaz, ce serait beaucoup plus reposant. Rosabel ne tenait pas à lire. Aussi s'agenouilla-t-elle sur le parquet, faisant un oreiller de ses bras sur le bord de la fenêtre... juste une petite feuille de verre entre elle et le grand monde humide dehors !

Elle commença à penser à tout ce qui était arrivé pendant la journée. Oublierait-elle jamais cette femme terrible dans un imperméable gris qui avait demandé un chapeau élégant pour l'automobile « quelque chose de pourpre avec un motif rose de chaque côté », ou la jeune fille qui avait essayé tous les chapeaux de la boutique, puis avait dit qu'elle repasserait le lendemain et se déciderait alors. Rosabel n'avait pu s'empêcher de sourire; l'excuse était usée jusqu'à la corde...

Mais il y en avait eu une autre, une jeune femme aux beaux cheveux « auburn », à la peau blanche, et aux yeux de la couleur de ce ruban vert brodé d'or qu'au magasin on avait reçu de Paris la semaine précédente. Rosabel avait vu l'automobile à la porte; un homme — de 20 à 25 ans, et si bien habillé — était entré avec la jeune femme.

— Qu'est-ce que je veux exactement, Harry ? avait-elle dit, alors que Rosabel enlevait les épingles de son chapeau, défaisait sa voilette et lui tendait un miroir à main.

— Il vous faut un chapeau noir, avait-il répondu, un chapeau noir avec une plume qui en fasse tout le tour, ainsi que de votre cou et qui, après un mouvement en arrondi sous votre menton, vienne mourir à votre taille : une plume de belles proportions !

La jeune femme regarda Rosabel en riant : « Avez-vous des chapeaux de ce genre ? »

Ils avaient été très difficiles à contenter. Harry exigeait l'impossible, et Rosabel était presque au désespoir. Puis elle se rappela le grand carton intact tout en haut.

— Oh ! un instant, Madame, s'il vous plaît. Je crois que je peux vous montrer quelque chose qui vous plaira davantage.

Elle avait grimpé, retenant son souffle, coupé les ficelles, froissé le papier de soie, et oui, là reposait le chapeau recherché, plutôt grand, souple, avec une longue plume ondulante et une rose de velours noir, rien d'autre. Ils avaient été conquis. La jeune femme l'avait essayé, puis l'avait tendu à Rosabel.

— Je voudrais voir comment il vous va, avait-elle dit, fronçant un peu les sourcils, et très sérieuse en vérité.

Rosabel s'était tournée vers le miroir, et avait placé

le chapeau sur ses cheveux bruns, puis leur avait fait face.

— Oh ! Harry. N'est-ce pas qu'il est adorable, s'était écriée la jeune femme. Il faut que je le prenne. Elle avait souri de nouveau à Rosabel : « Il vous va à merveille. »

Un sentiment soudain, dérisoire, de colère, s'était emparé de Rosabel. De toutes ses forces, elle désira jeter à la figure de la jeune femme l'objet charmant, périssable. Elle se pencha sur le chapeau, en rougissant.

— C'est d'un fini exquis à l'intérieur, Madame, dit-elle.

La jeune femme glissa vers sa voiture, et laissa Harry payer et prendre le carton. Rosabel l'entendit qui disait :

— Je rentrerai directement à la maison et le mettrai avant d'aller déjeuner avec vous.

L'homme se pencha sur Rosabel alors qu'elle faisait la note, puis, en lui remettant l'argent, il dit : « A-t-on déjà fait votre portrait ? »

— Non, répondit brièvement Rosabel, se rendant compte du rapide changement de la voix, de la légère touche d'insolence et de familiarité.

— Eh bien, il faudrait, dit Harry; vous avez une petite silhouette sacrément jolie ! »

Rosabel ne fit pas la moindre attention à l'impertinence. Comme il était beau ! Elle n'avait pensé à personne d'autre toute la journée; sa figure la fascinait. Elle pouvait clairement voir ses sourcils fins et droits, et ses cheveux rejetés en arrière du front, avec juste un tout petit soupçon d'ondulation, sa bouche souriante, dédaigneuse. Elle revit ses fines mains comptant l'argent dans les siennes... Rosabel écarta soudainement ses cheveux de son visage, elle avait chaud au front... si ces fines mains pouvaient demeurer un instant... la chance de cette jeune femme !

Imaginez qu'elles changent de place. Rosabel rentrerait avec lui. Bien entendu, ils s'aimaient, mais n'étaient pas tout à fait fiancés, et elle dirait : « J'en ai pour une minute. » Il attendrait dans la voiture, tandis que la femme de chambre montait le carton à chapeau, suivant Rosabel. Puis, c'était la vaste chambre à coucher, blanche et rose, avec des fleurs partout dans des vases en argent mat. Elle s'assiérait devant le miroir, la petite femme de chambre française lui mettrait son chapeau, et trouverait une mince et fine voilette ainsi qu'une autre paire de gants de suède blancs (un bouton avait sauté de la paire qu'elle avait portée le matin), Elle avait parfumé ses fourrures, ses gants, son mouchoir, pris un grand manchon, et avait couru en bas. Le maître d'hôtel avait ouvert la porte, Harry attendait, ils partaient ensemble... C'était là la vie, pensait Rosabel ! Sur le chemin du Carlton, ils s'arrêtaient chez Gérard, Harry lui achetait beaucoup de violettes de Parme, et lui en emplissait les mains.

— Oh ! sont-elles agréables, disait-elle, les tenant contre son visage.

— C'est ainsi que vous devriez être toujours, disait Harry, avec vos mains emplies de violettes.

(Rosabel s'aperçut que ses genoux se raidissaient; elle s'assit sur le parquet et appuya la tête sur le mur.)

Quel déjeuner ! La table couverte de fleurs, un orchestre caché derrière une rangée de palmiers, une musique qui, comme le vin, enflammait le sang — le potage, les huîtres, les pigeons, les pommes de terre à la crème, et du champagne, naturellement, et du café ensuite, et des cigarettes. Elle s'appuyait sur la table, jouant des doigts avec son verre, d'une seule main, parlant avec cette gaîté charmante que Harry appréciait tant. Puis la matinée de théâtre, un sujet qui les avait pris l'un et l'autre, puis le thé au « Cottage ».

« Du sucre ? du lait ? de la crème ? » Les petites questions familières paraissaient faire naître une intimité pleine de joie. Ils étaient rentrés de nouveau à la maison, dans l'obscurité naissante et le parfum des violettes de Parme semblait imprégner l'air de sa douceur.

— Je viendrai à neuf heures, disait-il en la quittant.

On avait allumé le feu dans son boudoir, tiré les rideaux, il y avait un monceau de lettres l'attendant, invitations à l'Opéra, à des dîners, des bals, à un week end sur le fleuve, à une promenade en automobile — elle les parcourut distraitement en montant l'escalier pour s'habiller. Un feu encore dans sa chambre, et sa robe étalée sur le lit, brillante et belle — du tulle blanc sur de l'argent, des souliers argentés, une écharpe argentée, un petit éventail d'argent. Rosabel savait qu'elle était la femme la plus célèbre au bal cette nuit ; les hommes lui rendaient hommage, un prince étranger désirait être présenté à cette merveille anglaise. Oui, c'était une nuit voluptueuse, l'orchestre jouait, et il y avait « ses » épaules admirablement blanches...

Mais elle se sentait très fatiguée. Harry la raccompagnait chez elle, et entrait juste un instant. Le feu était éteint dans le salon, mais la femme de chambre ensommeillée l'attendait dans le boudoir. Elle ôtait son manteau, renvoyait la domestique, s'approchait de la cheminée, et restait là enlevant ses gants. Le reflet du feu brillait dans sa chevelure. Harry traversait la pièce et la prenait dans ses bras : « Rosabel ! Rosabel ! Rosabel ! » Oh ! le refuge de ces bras. Elle était très fatiguée.

(La vraie Rosabel, la jeune fille, se replia sur le parquet dans l'obscurité, rit à haute voix, et porta la main à sa bouche chaude.)

Naturellement, ils se promenaient dans Hyde Park le lendemain matin. Les fiançailles avaient été annoncées dans la « Circulaire de la Cour », tout le monde savait, tout le monde lui serrait la main...

Ils se mariaient peu après à St-George, Hanover Square, et se rendaient en automobile à la maison ancestrale de Harry pour la lune de miel; les paysans dans le village leur faisaient la révérence sur leur passage. Sous les plis de la couverture il pressait sa main avec passion. Et, ce soir-là, elle portait de nouveau sa robe blanche et argentée. Elle était fatiguée du voyage et montait se coucher... très tôt.

La vraie Rosabel se leva du parquet et se déshabilla lentement, pliant ses affaires sur le dos d'une chaise. Elle passa par la tête sa pauvre chemise de nuit de calicot, et enleva les épingles de sa chevelure dont le flot souple et brun tomba autour d'elle, tiède, Puis elle souffla la bougie, et glissa à tâtons dans son lit, tirant les couvertures et l'édredon crasseux « nid d'abeilles » tout près de son cou, se pelotonnant dans l'obscurité...

Ainsi elle dormit, rêva, sourit dans son sommeil, et une fois, lança son bras au dehors pour sentir quelque chose qui n'était pas là, rêvant encore.

Et la nuit passa. La froide étreinte de l'aurore se referma sur sa main découverte. Une lumière grise envahit la chambre sombre. Rosabel frissonna, prit une petite aspiration avec la bouche, s'assit. Et parce que son héritage était cet optimisme tragique qui, bien trop souvent, est le seul laissé à la jeunesse, elle sourit encore à demi-éveillée, un petit tremblement nerveux autour de la bouche.

COMMENT BOUTON DE PERLE FUT KIDNAPPÉE

Bouton de Perle se balançait sur la petite barrière devant la Maison-Boîte[1]. C'était le début d'un après-midi ensoleillé où de petites brises jouaient à cache-cache. Elles relevaient le bord du tablier de Bouton de Perle jusque dans sa bouche, et soufflaient la poussière sur toute la Maison-Boîte. Bouton de Perle observait cette poussière, comme un nuage, comme lorsque maman mettait du poivre sur le poisson et que le couvercle du poivrier était renversé. Elle se balançait sur la barrière basse, et chantait une petite

[1] Katherine Mansfield songe sans doute ici aux maisons de banlieue anglaises qui se ressemblent toutes et qu'un enfant, dans son imagination, peut se représenter comme une série de boîtes. D'où également l'idée de vie petite bourgeoise opposée à la liberté des gitans qui se dégage de la nouvelle.

chanson. Deux grandes femmes descendaient à pied la rue. L'une était habillée en rouge, et l'autre en jaune et vert. Elles avaient des mouchoirs roses sur la tête, et portaient toutes deux un grand cabas de lin empli de fougères. Elles n'avaient ni souliers ni bas, et passèrent lentement, parce qu'elles étaient très grasses. Elles parlaient en se souriant toujours. Bouton de Perle arrêta de se balancer, et quand elles la virent, elles cessèrent d'avancer. Elles la regardèrent et la regardèrent encore, puis se parlèrent, agitant les bras et joignant les mains. Bouton de Perle se mit à rire.

Les deux femmes vinrent à elle, rasant la haie et jetant un coup d'œil effrayé vers la Maison-Boîte.

— Bonjour, petite, dit l'une.

Bouton de Perle dit : Bonjour.

— Toi toute seule toute seule ?

Pearl acquiesça.

— Où est ta mère ?

— Dans la « quisine ». Elle-repasse-parce-que-c'est-mardi.

Les femmes lui firent un sourire, que Bouton de Perle leur rendit.

Elle dit : Oh ! comme vous avez les dents vraiment très blanches. Faites-le encore.

Les femmes brunes rirent, et se mirent de nouveau à se parler avec des mots drôles et des gestes des mains.

— Quel est ton nom ? lui demandèrent-elles.

— Bouton de Perle.

— Toi venir avec nous, Bouton de Perle? Nous avons de belles choses à te montrer, murmura l'une des femmes .

Et Bouton de Perle, descendit de la barrière, sauta sur la route. Elle marcha entre les deux femmes brunes dans la rue éventée, trottinant pour se maintenir à leur hauteur, et se demandant ce qu'elles avaient dans leur maison boîte.

Elles marchèrent longtemps. « Toi fatiguée? » demanda une des femmes, se penchant vers la petite fille, qui secoua la tête négativement. Elles continuèrent beaucoup plus loin. « Toi pas fatiguée? » dit l'autre femme. Et Bouton de Perle secoua de nouveau la tête, mais des larmes tombèrent de ses yeux en même temps, et ses lèvres tremblèrent. Une des femmes tendit à l'autre son cabas de lin empli de fougères, prit Bouton de Perle dans ses bras, et marcha avec la petite tête appuyée sur son épaule : les petites jambes poussiéreuses se ballottaient. La femme était plus douce qu'un lit, et avait une odeur agréable — une odeur qui faisait enfouir la tête, et respirer, et respirer...

Elles déposèrent Bouton de Perle dans une longue chambre pleine d'autres gens de même couleur qu'elles, et tous vinrent près de l'enfant, la regardèrent, hochant la tête, riant, puis levant les yeux. La femme qui l'avait portée enleva le ruban des cheveux de Perle, et laissa flotter ses boucles. Il y eut un cri des autres femmes, qui se rapprochèrent; quelques-unes passèrent un doigt dans les boucles jaunes; et l'une d'entre elles, une jeune, leva tous les cheveux de Perle, et embrassa sa petite nuque blanche. Perle était effarouchée, mais se sentait en même temps heureuse. Des hommes fumaient, assis sur le parquet, une couverture sur les épaules. L'un d'eux lui fit une drôle de grimace, tira une belle grosse pêche de sa poche, la posa sur le parquet et l'envoya avec son pouce comme s'il se fût agi d'une bille. La pêche roula juste droit à elle. Perle la ramassa . « Puis-je la manger ? » demanda-t-elle. A cela, tous rirent et applaudirent. L'homme à la grimace drôle fit une autre mine à Perle, tira une poire et la lança se dandinant sur le parquet. Perle rit. Les femmes s'assirent par terre, et la petite fille les imita. Le parquet était très poussiéreux. Elle releva soigneusement son tablier et sa robe, et s'assit sur son jupon, ainsi qu'on lui avait enseigné à faire dans les endroits poussiéreux, puis mangea les fruits, dont le jus coulait partout sur le devant de son vêtement.

— Oh ! dit-elle d'une voix très effrayée à l'une des femmes. J'ai renversé tout le jus.

— Ça ne fait rien du tout, dit la femme, et elle tapota la joue de Perle. Un homme entra dans la chambre, un long fouet à la main. Il cria quelque chose. Tous se levèrent, riant, s'enveloppant dans des couvertures au milieu du vacarme.

Perle fut emportée de nouveau, cette fois dans un grand chariot, et elle s'assis sur les genoux d'une de ces femmes, avec le conducteur à côté d'elle. C'était un chariot vert avec un petit cheval alezan et un petit cheval noir. On sortit très vite de la ville. Le conducteur se leva et agita le fouet autour de sa tête. Perle regarda par-dessus l'épaule de sa femme. D'autres chariots suivaient, comme une procession. Puis vint la campagne. Des premiers champs avec de l'herbe rase et des moutons et de petits buissons de fleurs blanches, des massifs d'aubépines roses, puis de grands arbres de chaque côté de la route et rien d'autre à voir que de grands arbres. Perle essaya de regarder à travers, mais il faisait tout à fait sombre. Des oiseaux chantaient. Elle se blottit tout contre la grosse femme, tiède comme un chat, et qui se soulevait et se tassait en respirant, tout à fait comme en train de ronronner. Perle joua avec une pendeloque verte autour de son cou, et la femme prit la petite main et embrassa chacun de ses doigts, puis la retourna et embrassa les fossettes. Perle n'avait jamais été aussi heureuse avant. En haut d'une grande colline, on s'arrêta. L'homme qui conduisait se tourna vers Perle et dit : « Regarde ! Regarde ! » et pointa son fouet.

Et, tout en bas de la colline, il y avait quelque chose de totalement différent : un très gros morceau de bleu — c'était de l'eau — rampait sur la terre. Perle cria et s'agrippa à la grande femme :

— Qu'est-ce que c'est, qu'est-ce que c'est ?

— Eh bien, c'est la mer ! dit la femme.

— Est-ce qu'elle nous fera mal, est-ce qu'elle vient ?

— Mais non, mais non. C'est très beau. Toi regarder encore.

Pearl regarda, et dit :

— Tu es sûre que cela ne peut venir ?

— Mais non. Elle reste à sa place, dit la grande femme.

Des vagues au dessus blanc venaient en sautant par-dessus le bleu. Perle les observait qui se brisaient sur une longue bande de terre couverte de coquillages, comme elle en avait vu dans les chemins des jardins.

La route tourna.

En bas, il y avait de petites maisons près de la mer, entourées de jardins aux clôtures de bois. Cette vue réconforta l'enfant Du linge rose, rouge et bleu pendait aux barrières, et lorsqu'ils approchèrent, de nouvelles personnes sortirent, ainsi que cinq chiens jaunes avec de longues queues fines. Tous les gens étaient gras et rieurs, avec de petits bébés nus accrochés à eux ou se roulant dans les jardins comme des chiots. Perle fut déposée par terre et portée dans une toute petite maison avec seulement une chambre et une véranda. Il y avait là une fille dont les cheveux noirs pendaient jusqu'aux pieds en deux nattes, et qui posait le dîner sur le parquet.

— C'est vraiment une curieuse maison, dit Perle. Elle regarda la belle jeune fille tandis que la femme lui déboutonnait ses petites guêtres. Elle avait très faim, mangea de la viande, des légumes et des fruits, et la femme lui donna du lait à boire dans une tasse verte. Il y avait un grand silence, à part la mer dehors et les rires des deux femmes l'observant.

— Vous n'avez donc pas de Maisons-Boîtes, dit-elle. Vous ne vivez pas tous sur un rang et les hommes ne vont-ils pas dans des bureaux ? Il n'y a pas de vilaines choses ?

Elles lui enlevèrent ses souliers et ses bas, son tablier et sa robe. Elle se promena en jupon, puis passa la porte. L'herbe sortait entre ses doigts de pied. Les deux femmes la rejoignirent avec différentes sortes de paniers, et lui prirent la main. Par un petit pré, une barrière, et puis sur du sable chaud parsemé d'herbe foncée, elles descendirent à la mer. Perle eût un mouvement de recul quand le sable devint humide, mais les femmes la flattèrent :

— Il n'y a rien de méchant. Très beau. Toi venir.

Elles creusèrent le sable et trouvèrent des coquillages qu'elles jetèrent dans leurs paniers. Le sable était mouillé comme des boulettes de terre. Perle oublia sa frayeur et se mit à creuser elle aussi. Elle eut chaud et fut trempée de sueur. Tout à coup, sur ses pieds, se brisa une petite ligne d'écume.

— Oh ! Oh ! s'écria-t-elle en pataugeant, délicieux,

délicieux. Elle avança dans l'eau peu profonde. C'était tiède. Elle fit une tasse de ses mains et prit un peu d'eau. Mais ce ne fut plus bleu alors. Elle était si émue qu'elle se précipita vers la femme et lui jeta ses petits bras minces autour du cou, la serrant, l'embrassant...

Soudain, la jeune fille fit entendre un cri déchirant. La femme se releva. Perle se laissa glisser sur le sable et regarda du côté de la terre. De petits hommes en veste bleue, de petits hommes bleus venaient courant, courant vers elle avec des appels et des coups de sifflet : une foule de petits hommes bleus venus pour la ramener à la Maison-Boîte.

LE VIEIL UNDERWOOD

Le vieil Underwood descendait à grands pas la colline battue de vent, tenant d'une main, un parapluie noir, de l'autre, un mouchoir à pois blancs et rouges noué en boule. Il portait une casquette de marin à visière noire; des anneaux d'or brillaient à ses oreilles, et ses petits yeux pétillaient comme des étincelles. Comme deux étincelles, ils luisaient dans le creuset de sa figure barbue. Sur un versant de la colline croissait un bois de pins, descendant directement de la route à la mer. De l'autre côté, poussaient de l'herbe rase, en touffe, et des petits buissons aux fleurs blanches.

Les pins, dans leurs branches les plus élevées, mugissaient comme des vagues, leurs troncs grinçaient comme une coque de bateau. Dans l'air vola la fleur blanche. « Ah-k » cria le vieil Underwood, menaçant de son parapluie le vent qui s'acharnait contre lui, le battant, l'étranglant à moitié avec sa pèlerine noire.

« Ah-k » cria le vent cent fois plus fort, lui emplissant la bouche et les narines de poussière. Quelque chose à l'intérieur du vieil Underwood cognait comme un marteau. « Un, deux — un, deux — un, deux » ne s'arrêtant, ne changeant jamais. Il ne pouvait rien y faire. Ce n'était pas bruyant. Non, cela ne faisait pas de bruit. Seulement un coup sourd « un, deux — un, deux », comme quelqu'un qui battrait un fer dans une prison, quelqu'un dans un endroit secret, « bang! bang! bang! » essayant de se libérer. Quoi qu'il fit, qu'il palpât sa veste, qu'il agitât les bras autour de lui, qu'il crachât, jurât, il ne pouvait stopper le bruit. « Stop, stop, stop, stop .» Le vieil Underwood se mit à gesticuler et à courir.

Loin au-dessous, la mer se soulevait contre la falaise, la petite ville se ramassait étroitement sur elle-même, pour mieux affronter les eaux grises, et tout juste hors d'atteinte. De l'autre côté, au sommet de la colline, la prison se dressait avec ses hauts murs rouges. Par-dessus tout cela, dans le ciel gris bombé, passait un courant de nuages noirs effilés.

Le vieil Underwood, à l'approche de la ville, ralentit le pas. Quand il atteignit la première maison, il brandit son parapluie, comme un héraut ferait d'une hampe, et bomba le torse, regardant vivement de droite et de gauche. Les maisons, à l'entrée de la ville, étaient petites et laides, construites en bois — deux fenêtres, une porte, une véranda sur pilotis et un vert paillasson d'herbe devant. Sous une des vérandas, des poules jaunes se serraient à l'abri du vent.

— Ouh ! Ouh ! cria le vieil Underwood, et il rit de les voir s'enfuir, et rit encore de la femme qui vint à la porte et tendit vers lui un poing rouge et savonneux. Une petite fille se tenait dans une cour, dépliant du linge pendu. Quand elle aperçut le vieil Underwood, elle laissa tomber le séchoir, et se précipita en hurlant vers la porte, où elle frappa, appelant : « Maman, maman .» Cela déclencha le marteau dans le cœur du vieil Underwood: « Ma-man, Ma-man! » Il vit un vieux visage au menton tremblant et aux cheveux gris lui faisant signe, par la fenêtre, de passer son chemin. «Ma-man, Ma-man !» Il leva les yeux vers la grande prison rouge et ses traits se tirèrent comme s'il voulait pleurer.

Au coin du café, quelques carrioles étaient arrêtées, et des hommes sous le porche parlaient et buvaient. Le vieil Underwood avait soif. Il entra dans le bar le dos courbé. Le café était à moitié plein d'hommes de tous âges, portant de grands manteaux, des bottes et tenant en main des fouets. Derrière le comptoir une grande fille rousse servait la bière et blaguait avec les hommes. Le vieil Underwood se glissa dans un coin, comme un chat. Personne ne le regarda, on échangea seulement quelques coups d'œil. Un ou deux hommes se poussèrent du coude. La fille fit un signe de tête, et cligna de l'œil à celui qu'elle servait. Le vieil Underwood sortit quelque argent de son mouchoir noué, et le posa sur le comptoir. Sa main tremblait. Il ne parlait pas. La fille ne fit pas attention. Elle servait tout le monde, continuait son bavardage, et puis, comme par accident, elle poussa un pot vers lui. Un grand et large vase de roses rouges était posé sur le comptoir. Le vieil Underwood fixait les fleurs en buvant et leur faisait la grimace. « Rouge, rouge, rouge, rouge », battait le marteau. Il faisait très chaud dans le café, et c'était tranquille comme un étang, sauf le bavardage et la fille. Elle riait sans arrêt. Ha! ha! C'est ce que les hommes aimaient voir, car elle rejetait la tête en arrière, et ses grands seins se soulevaient et remuaient au rythme de son rire.

Dans un coin était assis un étranger. Il désigna du doigt le vieil Underwood.

— Fêlé, dit un des hommes. Quand il était jeune, il y a trente ans, un type ici a pris sa « bourgeoise ». Il le sut et la tua. Il en a eu pour vingt ans de taule en haut de la colline, et en est sorti fêlé.

— Qui l'a séduite? demanda l'étranger.

— J'en sais rien. Y n'en sait rien. Personne. Il était marin jusqu'à ce qu'il l'épouse. Fêlé. »

L'homme cracha et frotta du pied par terre, haussant les épaules. « Il n'est pas méchant bougre. »

Le vieil Underwood entendit. Il ne se tourna pas, mais il sortit une vieille pince et massacra les roses rouges.

— Ouh ! Ouh ! Vieille bête, cria la servante. Vieux porc !

Elle se pencha sur le comptoir et le cogna avec un pot de fer. « Fiche le camp. Et que je t'y reprenne à remettre les pieds ici. » Quelqu'un le frappa. Il se faufila comme un rat.

Il marcha du côté des boutiques chinoises, où fruits et légumes sont empilés contre les vitrines. Des bouts de caisse de bois, de la paille et des vieux journaux étaient éparpillés sur la chaussée. Une femme jaillit hors d'un magasin, et lui lança dans les pieds un seau d'eau grasse. Il plongea le regard, à travers les vitrines, vers les Chinois jouant aux cartes, en petits groupes, sur de vieux tonneaux. Ils le firent sourire. Il les fixa longtemps, appuyant son visage sur la vitre et ricanant. Ils étaient assis immobiles, leurs longues nattes nouées autour de la tête, et la figure jaune comme un citron.

Certains d'entre eux avaient des couteaux à la ceinture. Un vieillard était accroupi à part sur le parquet, entortillant ses longs orteils crochus. Les Chinois ne prêtaient pas attention au vieil Underwood. Quand ils le virent, ils lui firent un signe de reconnaissance. Le vieil Underwood alla à la porte de la boutique, et l'ouvrit avec précaution. Le vent s'engouffra avec lui, soulevant les cartes. « Ya, ya, ya, ya » crièrent les Chinois, et le vieil Underwood s'enfuit précipitamment, le marteau battant vite et fort. « Ya, ya .» A un coin de rue, il tourna, hors de vue. Il pensait entendre un des Jaunes, derrière lui, et il se glissa dans la cour d'une scierie. Il s'étendit là hors d'haleine...

Près de lui, il y avait un amoncellement de copeaux. Comme il les observait, ils se mirent à remuer, et une petite chatte grise s'étira et en sortit... Elle s'avança délicatement vers le vieil Underwood et se frotta à sa manche. Le marteau dans son cœur se mit à battre follement. Le battement lui monta à la gorge, et puis sembla s'arrêter à moitié, et devenir faible, très faible. « Kit, kit, kit. » Ainsi appelait-elle le petit chat qu'il avait ramené du bateau. « Kit, kit, kit », et elle se baissait avec la soucoupe dans les mains. « Ah! mon Dieu, mon Dieu .» Le vieil Underwood s'assit sur son séant, prit le petit chat dans ses bras, et se balança d'avant en arrière, écrasant la petite bête sur sa figure. C'était tiède et doux, cela miaulait faiblement. Il enfouit les yeux dans le pelage. « Mon Dieu, mon Dieu. » Il pressa la petite chatte dans sa veste et sortit de la scierie, se glissant vers les quais.

Comme il approchait de la mer, ses narines se dilatèrent. Le vent fou sentait le goudron, les cordages, la vase et le sel. Il traversa la ligne de chemin de fer, rampa derrière les hangars du wharf. Puis il longea un sentier de cendré filant à travers le fenouil sauvage vers un tuyau d'égout en pierre qui conduisait les eaux dans la mer.

Il regarda les quais, les bateaux au pavillon flottant, et, tout à coup, il fut saisi du vieil appel. « Je veux, je veux, je veux », murmura-t-il.

Il arracha le petit chat de sa veste, le balança et le lança où débouchait l'égout. Le marteau battait lourd et fort. Il tint la tête droite, il était jeune de nouveau. Il continua de marcher vers les quais, les balles de coton, les quelques flâneurs du port, alla jusqu'à l'extrême limite des quais. La mer léchait les piliers de ces quais, comme si elle buvait quelque chose de la terre. Un navire chargeait de la laine. Il entendit le grincement d'une grue, et le cri déchirant d'un sifflet. Il arriva ainsi au petit bateau flottant seul, relié à la terre par une simple planche en guise de passerelle, et ne laissant percevoir aucun signe de vie à bord, aucun. Le vieil Underwood regarda en arrière vers la ville, vers la prison perchée comme un oiseau rouge, vers les nuages noirs effilochés traînant au ciel, Puis, il monta sur la planche, et passa sur le pont glissant. Il souriait, la démarche roulant, élevant dans sa main le mouchoir blanc et rouge. Son bateau ! « A moi ! à moi ! à moi ! » battait le marteau. Il y avait une porte, loquet ouvert, à l'abri du vent, avec une pancarte indiquant : « Salon .»

Il regarda à l'intérieur. Un homme était étendu sur

une couchette — sa couchette — un homme grand et fort en veste de marin avec une longue barbe blonde et de longs cheveux blonds sur l'oreiller rouge. Et, baissant les yeux sur lui, un portrait brillait au mur — son portrait à elle, la femme d'Underwood — souriant, souriant encore à l'homme fort, endormi.

QUELQUE CHOSE D'ENFANTIN MAIS DE TRÈS NATUREL

Henry ne pouvait déterminer si son tour de tête était réellement plus grand que l'été précédent, ou s'il avait oublié l'impression qu'on ressentait : mais son « canotier » lui faisait mal, lui pinçait le front et lui causait une douleur sourde juste au-dessus des tempes. Aussi choisit-il une place de coin dans un compartiment « fumeurs » de 3e classe, enleva son chapeau, et le mit dans le filet avec son grand sous-main cartonné noir et ses gants, cadeau de Noël de sa tante B... Le wagon sentait désagréablement le caoutchouc mouillé et la suie. Il restait encore dix minutes avant le départ du train, et Henry résolut d'aller jeter un coup d'œil à l'étalage du kiosque à journaux. Le soleil dardait à travers la verrière de la gare de longs rayons bleu et or; un petit garçon allait et venait le long de la rame avec un panier de primevères. Il y avait quelque chose chez les gens — chez les femmes surtout — quelque chose de paresseux et pourtant d'ardent. Le jour le plus émouvant de l'année, le premier *vrai* jour de printemps avait découvert sa délicieuse beauté tiède, même aux yeux de Londres. Il avait mis de l'éclat dans chaque couleur, un nouveau ton dans chaque voix, et les gens de la ville marchaient comme s'ils possédaient de *vrais* corps vivants sous leurs vêtements, avec de vrais cœurs vivants pompant un sang alerte.

Henry était très connaisseur en livres. Il n'en lisait pas beaucoup, et n'en possédait pas plus d'une douzaine. Mais il les regardait tous dans Charing Cross Road, à l'heure du déjeuner et à ses moments perdus; le grand nombre auquel il faisait des signes d'intelligence était surprenant. Par l'élégance nette avec laquelle il les maniait, grâce au choix délicat de ses termes quand il en discutait avec quelque libraire, on aurait pensé qu'il avait sucé son biberon avec un volume posé sur la poitrine de sa nourrice. Mais on aurait eu tort, complètement. C'était seulement la manière d'être de Henry avec tout ce qu'il touchait, sa manière de s'exprimer. Cet après-midi là, il s'était arrêté à une anthologie de poésie anglaise dont il tournait les pages, jusqu'à ce qu'un titre frappât son regard : « Quelque chose d'enfantin mais de très naturel » :

N'aurais-je que deux petites ailes
Et serais-je un petit oiseau à plumes
Vers vous je volerais, ma chère,
Mais de telles pensées sont choses oiseuses
Et je reste où je suis.

Dans mon sommeil pourtant vers vous je vole.
Je suis toujours avec vous dans mon sommeil.
Le monde est tout à moi;
Cependant, je m'éveille, et où suis-je?
Seul, tout seul.

Le sommeil ne demeure, même à la prière d'un roi.
Aussi aimé-je m'éveiller à l'aurore
Car bien que soit parti le sommeil
Tant qu'il fait sombre les yeux sont fermés,
Et les rêves se poursuivent.

Il ne pouvait en terminer avec le petit poème. Ce n'était pas tant les mots que l'impression générale qui le charmait. Il aurait pu l'avoir écrit, étendu dans son lit, très tôt le matin, tout en observant le soleil danser au plafond. « C'est *tranquille*, comme cela, pensa Henry. Je suis sûr qu'il l'a écrit à demi-éveillé, car il y a là-dedans comme le sourire d'un rêve. » Il fixa le poème, puis regarda au loin et le répéta par cœur, oublia un mot au troisième vers, regarda de nouveau et de nouveau, jusqu'à ce qu'il prit conscience de cris et de mouvements, et s'aperçut que son train démarrait lentement.

« Tonnerre et enfer ! » Henry se précipita devant lui. Un homme avec un sifflet et un drapeau avait la main sur une porte. Il attrapa Henry comme il put et le poussa... Henry était dans le train, la porte claquée, dans un compartiment « non fumeurs », où il n'y avait pas plus trace de son « canotier » que de son sous-main ou des gants donnés à Noël par la tante B. Dans le coin opposé, appuyée sur la cloison, une jeune fille était assise. Henry n'osa pas la regarder, mais il se sentit certain d'être fixé. « Elle doit me prendre pour un fou » pensa-t-il...,

Il se sentait très bizarre et ne savait comment s'asseoir ou s'étendre. Il mit les mains dans les poches, essaya de paraître tout à fait indifférent, examina en fronçant le sourcil une grande photographie représentant Bolton Abbey. Mais comme il sentait que la jeune fille avait les yeux sur lui, il lui lança juste le plus minuscule des regards. Elle détourna rapidement la tête vers la fenêtre, ce qui permit à Henry, attentif à ses moindres mouvements, de continuer à l'examiner. Elle était assise tout contre la fenêtre, la joue et l'épaule à demi-cachées par une longue vague de cheveux blonds cendrés. Sa petite main, gantée de coton blanc, tenait un sac en cuir sur ses genoux avec les initiales E. M. Elle avait passé l'autre main à travers le repose-bras et Henry remarqua qu'elle portait un bracelet d'argent au poignet, orné d'une petite clochette à vache suisse, d'un soulier d'argent et d'un poisson. Elle avait un manteau vert et un chapeau entouré d'une couronne. Tout cela, Henry le vit alors que le titre du nouveau poème persistait dans son esprit — *quelque chose d'enfantin, mais de très naturel.* « J'imagine qu'elle va à quelque collège à Londres, songea Henry, à moins qu'elle ne soit dans un bureau. Non, elle est trop jeune. D'ailleurs, elle ne serait pas coiffée de cette manière ». Il ne pouvait détacher les yeux de ces beaux cheveux ondulés. « Mes yeux sont pareils à deux abeilles ivres... Voyons ? Ai-je lu cette phrase-là quelque part, ou bien l'ai-je inventée à l'instant ? »

A ce moment, la jeune fille tourna la tête et, rencontrant son regard, rougit. Elle pencha la tête pour cacher la couleur qui était montée à ses joues et Henry, terriblement embarrassé, rougit également : « Il faut lui parler — Il faut — Il faut ». Il commença à lever la main pour enlever le chapeau qui n'était pas sur sa tête. Il trouva la chose drôle, et cela lui donna confiance.

— Je suis... Je suis tout à fait désolé, dit-il, souriant au chapeau de la jeune fille. Mais je ne peux rester assis dans le même compartiment que vous sans vous expliquer pourquoi je m'y suis précipité de cette manière !... Je suis sûr de vous avoir fait peur, et même à la minute, j'étais en train de vous regarder... Si vous voulez que je vous explique comment je suis arrivé ici, et non pourquoi je vous ai « fixée », naturellement — il eut un petit rire, — je le ferai volontiers.

Pendant une minute, elle ne dit rien. Puis, d'une voix basse et timide : « Cela n'a pas d'importance. »

Le train avait dépassé les toits et les cheminées. Ils étaient balancés dans la campagne, passant de petits bois noirs, des champs s'évanouissant, et des étangs dont l'eau reflétait la lumière abricot d'un ciel du soir. Le cœur de Henry commença à battre au rythme du train, lourdement. Il ne pouvait laisser les choses ainsi. Elle était assise si tranquille, cachée dans sa chevelure tombante. Il sentait qu'il était absolument nécessaire qu'elle le regardât et le comprît, oui, le comprît au moins. Il se pencha en avant et croisa les mains sur ses genoux.

— Vous voyez, j'avais juste mis toutes mes affaires — un sous-main — dans un compartiment fumeurs de 3e classe, et j'étais parti pour jeter un coup d'œil à la devanture du kiosque de la gare, expliqua-t-il.

Comme il parlait, elle leva la tête. Il vit ses yeux gris sous l'ombre de son chapeau et ses sourcils pareils à deux plumes d'or. Ses lèvres étaient entrouvertes. Presque inconsciemment, il lui sembla absorber l'idée qu'elle portait un bouquet de primevères, que son cou était blanc, la forme de son visage merveilleusement délicate contre toute cette chevelure brûlante. « Comme elle est belle ! Comme elle est vraiment belle ! » chanta le cœur d'Henry, qui s'enfla avec les mots, devenant de plus en plus grand et tremblant comme une merveilleuse bulle : il craignait de respirer de peur de la faire éclater.

— J'espère que ce sous-main ne contenait rien qui fût de valeur, dit-elle, très grave.

— Oh ! seulement quelques dessins bébètes que je rapportais du bureau, répondit Henry d'un ton enjoué. Et j'étais plutôt content de perdre mon chapeau, qui m'avait fait mal toute la journée.

— Oui, dit-elle. Il a laissé une marque. Et elle sourit presque.

Pourquoi diable ces mots devaient-ils tout à coup donner l'impression à Henry d'être si libre, si heureux, si follement enthousiaste ? Que se passait-il entre eux ? Ils ne disaient rien, mais, pour Henry, leur silence était vivant et chaud. Une vague tremblante le parcourait de la tête aux pieds. Ces mots merveilleux « Il a laissé une marque » avaient, d'une manière mystérieuse, établi un lien entre eux. Ils ne pouvaient être de complets étrangers l'un à l'autre, puisqu'elle parlait si simplement et si naturellement.

Et maintenant, elle était en train de sourire réellement. Le sourire dansa dans ses yeux, se glissa à travers les joues jusqu'à ses lèvres, et y resta. Henry se pencha en arrière. Des mots s'envolèrent de sa bouche : « Que la vie est admirable ! »

A ce moment, le train fonça dans un tunnel. Il entendit qu'elle élevait la voix contre le bruit. Elle se pencha en avant.

— Je ne le pense pas. Mais aussi, il faut dire que je suis fataliste depuis longtemps maintenant — Un silence... des mois.

Ils étaient cahotés, bousculés dans la demi-obscurité.

— Pourquoi ? cria Henry.

— Oh !..

Elle haussa les épaules, sourit et secoua la tête, voulant montrer par là qu'elle ne pouvait parler à cause du bruit. Il acquiesça et se renfonça dans un coin. Le train sortit du tunnel au milieu d'un jaillissement de lumières et de maisons. Il attendit son explication. Mais elle se leva, boutonna son manteau et porta les mains à son chapeau, vacillant légèrement.

— Je descends ici, dit-elle. Cela parut tout à fait impossible à Henry. Le train ralentit et les lumières, dehors, devinrent plus brillantes. Elle avança vers le côté du compartiment où il était.

— Écoutez, bégaya-t-il, je ne vous reverrai pas ?

Il se leva, lui aussi, et s'appuya à la barre du filet avec la main.

— Je *dois* vous revoir.

Le train s'arrêtait.

Elle dit dans un souffle :

— Je rentre de Londres tous les soirs.

— Vous... vous... vous... rentrez, vraiment ?

Son anxiété effraya la jeune fille. En un éclair, il la rendit moins apparente. A travers son cerveau courut une interrogation : « Devons-nous nous serrer la main ou non ? » Elle avait, elle, une main posée sur la poignée, l'autre tenant le petit sac. Le train stoppa. Sans un autre mot, un autre regard, elle avait disparu.

Puis vint un samedi, demi-journée au bureau, et dimanche. Le lundi soir, Henry était tout à fait exténué. Il arriva à la gare beaucoup trop tôt, un essaim d'idées stupides à ses talons, et qui semblaient le pousser à marcher de long en large. « Elle n'a pas dit qu'elle prenait ce train-là. » « Elle fera peut-être semblant de ne pas me reconnaître. » « Il y aura peut-être quelqu'un avec elle. » « Pourquoi songer qu'elle a encore pensé à moi. » « Que vais-je dire si vraiment je la vois ? » Il pria même : « Mon Dieu, si telle est votre volonté, faites que nous nous rencontrions ! »

Mais rien n'y faisait. De la fumée blanche flottait contre le toit de la gare, se dissolvait et revenait en couronnes fuyantes. Et, tout à coup, à l'observer cette fumée si délicate et silencieuse, se mouvant avec une grâce si mystérieuse au-dessus de la foule et du va et vient, il se calma. Il se sentait très fatigué, et désirait seulement s'asseoir et fermer les yeux :

« elle » ne venait pas ; un soulagement désolé s'exhalait de ces mots.

Et alors, il la vit, très près de lui, se dirigeant vers le train avec le même petit sac en cuir à la main. Henry attendit. Il savait qu'elle l'avait vu, mais ne bougea pas jusqu'à ce qu'elle fût près de lui et eût dit, de sa voix basse et timide :

— Les avez-vous retrouvés ?

— Oh ! oui, merci, je les ai. Et d'un curieux demi-geste, il lui montra le sous-main et les gants. Ils marchèrent côte à côte vers le train et s'installèrent dans un compartiment vide, où ils s'assirent l'un en face de l'autre, se souriant timidement, mais ne parlant pas. Le train démarra lentement, et lentement gagna de la vitesse et de la souplesse. Henry parla le premier :

— C'est tellement stupide, dit-il, de ne pas connaître votre nom .

Elle repoussa une longue mèche de cheveux qui était tombée sur son épaule, et il vit combien la main, dans le petit gant gris, tremblait. Puis il remarqua qu'elle était assise très raide, les genoux serrés l'un contre l'autre — de même que lui, — tous deux essayant de ne pas trembler tant. Elle dit :

— Je m'appelle Edna.

— Et moi, Henry.

Dans le silence, ils prirent possession mutuellement de leurs noms, les retournèrent dans leur tête, puis les oublièrent, une nuance moins anxieux après cela.

— J'ai quelque chose d'autre à vous demander maintenant, dit Henry. Il regarda Edna, la tête légèrement penchée d'un côté.

— Quel âge avez-vous ?

— Plus de 16 ans, répondit-elle. Et vous ?

— J'ai presque 18 ans...

— Dieu ! qu'il fait chaud ! dit-elle brusquement ; elle retira ses gants, mit les mains à ses joues et les y laissa. Leurs yeux n'étaient pas *effrayés*. Ils se regardaient avec une sorte de tranquillité désespérée. Si seulement leurs corps voulaient bien ne pas trembler si stupidement ! Toujours à moitié cachée par ses cheveux, Edna ajouta :

— Avez-vous jamais été amoureux avant ?

— Non, jamais. Et vous ?

— Non, jamais, de toute ma vie.

Elle secoua la tête :

— Je n'avais même jamais pensé que ce fût possible.

Les mots qu'il prononça ensuite furent précipités.

— Qu'avez-vous pu faire, depuis vendredi dernier ? Et tout samedi, et tout dimanche, et aujourd'hui ?

Mais elle ne répondit pas. Elle fit seulement un mouvement de tête, sourit et dit :

— Non, vous, dites-le-moi.

— Moi ? s'écria Henry — et alors, il s'aperçut qu'il ne pouvait pas lui dire non plus. Il ne pouvait pas regrimper ces montagnes de jours, et il dut faire, lui aussi, un signe de tête négatif.

— Mais ça a été une agonie, dit-il avec un sourire resplendissant, une agonie.

A ces mots, elle retira ses mains et se mit à rire, imitée par Henry. Ils rirent jusqu'à s'en fatiguer.

— C'est tellement, tellement extraordinaire, repritelle. Si soudainement, vous savez ! Et je me sens comme si je vous avais connu depuis des années.

— Moi aussi, reconnut Henry. Je pense que ce doit être le printemps. Je pense que j'ai avalé un papillon et qu'il bat des ailes juste ici. Il mit la main sur son cœur.

— Et la chose réellement extraordinaire, dit Edna, est que je m'étais faite à l'idée que je n'accordais aucune attention aux hommes. Je veux dire que toutes les filles, au collège...

— Vous avez été au collège ?

Elle acquiesça :

— Une école commerciale, où je faisais des études pour être secrétaire. Sa voix semblait méprisante.

— Je suis dans un bureau, poursuivit Henry. Chez un architecte. Un drôle de petit bureau, très haut dans une maison. Je pense toujours que nous devrions construire des nids, au lieu de maisons.

— Aimez-vous votre bureau ?

— Non, naturellement, je ne l'aime pas. Je désirerais ne rien faire. Et vous ?

— Moi, je hais le bureau. Et, ajouta-t-elle, ma mère est hongroise. Je crois que c'est ce qui me le fait haïr encore plus.

Cette réflexion parut à Henry parfaitement naturelle

— C'est normal, dit-il.

— Ma mère et moi, nous sommes tout à fait semblables. Je n'ai rien de commun, absolument rien, avec mon père. Il n'est, lui, qu'un... petit homme de la Cité. Mais ma mère a du sang sauvage en elle, et je suis de son sang. Elle déteste notre vie, exactement comme moi. Elle se tut et fronça les sourcils. Malgré cela, nous ne nous entendons pas du tout, l'une et l'autre. C'est drôle, n'est-ce pas ? Mais je me sens absolument seule à la maison.

Henry écoutait, d'une quelconque manière, il écoutait. Mais il y avait quelque chose d'autre qu'il voulait lui demander. Il dit très timidement :

— Voudriez-vous... voudriez-vous enlever votre chapeau ?

Elle parut surprise :

— Enlever mon chapeau ?

— Oui, ce sont vos cheveux. Je donnerais n'importe quoi pour bien les voir.

Elle protesta :

— Ça ne vaut réellement...

— Oh ! si, s'écria Henry. Et puis, comme elle enlevait son chapeau et arrangeait sa chevelure d'un souple mouvement de tête circulaire :

— Oh ! Edna, c'est la plus jolie chose du monde !

— Vous l'aimez ? dit-elle, souriante et très heureuse... En général, les gens s'en moquent ; c'est une couleur si absurde !

Mais Henry ne voulait pas croire cela. Elle appuya les coudes sur ses genoux et posa son menton sur ses mains en coupe :

— C'est ainsi que je suis souvent assise, quand je suis en colère. Et alors je sens que mes cheveux me brûlent... C'est bête ?

— Non, non, pas du tout. Je savais que vous le faisiez. C'est votre sorte de défense contre toutes les choses tristes et horribles de la vie.

— Comment avez-vous fait pour savoir cela ? Oui, c'est exactement ça. Mais comment l'avez-vous su ?

— Je le savais, c'est tout, sourit Henry. Mon Dieu, ajouta-t-il, que les gens sont stupides ! Songez à toutes ces petites choses que vous savez, et que je sais. Regardez, nous, par exemple. Nous voilà — c'est tout ce qu'il y a à dire. Je vous connais, vous me connaissez, nous venons de nous trouver, tout à fait simplement. Juste en étant naturels. Voilà tout ce qu'est la vie — quelque chose d'enfantin, mais de très naturel. Qu'en pensez-vous ?

— Oui, oui, répondit-elle ardemment. C'est ce que j'ai toujours pensé.

— Ce sont les gens qui rendent les choses si bêtes.

Tant que vous pouvez vous tenir à l'écart, vous êtes sauvé et vous êtes heureux.

— Oh! je pense cela depuis longtemps.

— Alors, vous êtes tout à fait comme moi, dit Henry. Le miracle de cette constatation était si grand qu'il avait presque envie de pleurer. Au lieu de le faire, il dit très solennellement :

— Je crois que nous sommes les deux seules personnes au monde qui pensent comme nous le faisons. En fait, j'en suis sûr. Personne ne me comprend. J'ai l'impression de vivre dans un monde d'êtres étrangers. Et vous?

— Toujours.

— Nous allons nous trouver de nouveau, d'ici une minute, dans cet odieux tunnel, dit Henry. Edna, puis-je seulement toucher vos cheveux?

Elle se retira vivement en arrière.

— Oh, non, je vous en prie, ne le faites pas.

Et comme ils entraient dans l'obscurité, elle s'éloigna un peu de lui...

« Edna, j'ai pris les billets. L'homme de la salle de concert ne paraissait pas du tout surpris que j'aie assez d'argent. Je vous rencontrerai à l'entrée des balcons, à 3 heures, et, s'il vous plaît, mettez cette blouse crème et ce collier de corail. Je vous aime. Je déteste envoyer des lettres poste restante. J'ai toujours l'impression que l'employé a chez lui une bouilloire qui décollerait toutes les enveloppes de la création. Mais cela n'a vraiment pas d'importance. N'est-ce pas, chérie ? Pouvez-vous vous échapper dimanche ? Racontez que vous allez passer la journée avec une des jeunes filles du bureau, et rencontrons-nous dans un endroit gentil, d'où nous pourrons aller nous promener. Nous trouverons un pré, où nous pourrons voir les pensées s'ouvrir. Je vous aime vraiment, Edna, mais les dimanches sans vous sont tout simplement insupportables. Ne vous faites pas écraser avant samedi. Et ne mangez rien qui soit de conserve, ne buvez pas à une fontaine publique. C'est tout, chérie. »

« Mon Chéri. Oui, je serai là samedi, et je me suis arrangée aussi pour dimanche. C'est un grand bonheur, je suis tout à fait libre à la maison. Je viens de rentrer du jardin. La soirée est délicieuse. Oh ! Henry, je pourrais rester assise et pleurer, je vous aime tant, ce soir ! C'est bête, n'est-ce pas ? Ou bien je me sens tellement heureuse que je peux à peine m'arrêter de rire, ou bien si triste qu'il m'est difficile d'empêcher les larmes, et les deux choses pour la même raison. Mais nous sommes si jeunes pour nous être rencontrés ! n'est-ce pas ? Je vous envoie une violette, elle est tout à fait chaude. Je souhaiterais que vous fussiez, ici, maintenant, même seulement pour une minute. Bonne nuit, chéri. Je suis Edna. »

— Nous sommes sauvés, dit Edna. Sauvés. Et d'excellentes places, Henry.

Elle se leva pour enlever son manteau, et Henry fit un geste pour l'aider. « Non, non, c'est inutile. » Elle le plia sous son siège et s'assit à son côté.

— Oh! Henry, qu'avez-vous là ? Des fleurs ?

— Seulement deux minuscules petites roses. Il les déposa sur ses genoux.

— Avez-vous bien reçu ma lettre ? demanda Edna, enlevant les fleurs du papier qui les enveloppait.

— Oui, dit-il. Et la violette pousse magnifiquement. Il faudrait que vous voyiez ma chambre. J'en ai planté un petit bout dans chaque coin, un sur mon oreiller, et un dans la poche de ma veste de pyjama.

Elle tourna la tête vers lui.

— Henry, donnez-moi le programme.

— Le voici. Vous pouvez le lire avec moi. Je vais le tenir pour vous.

— Non, donnez-le moi.

— Bon. Eh bien, je vais vous le lire.

— Non. Vous pourrez le reprendre après.

— Edna, soupira-t-il !

— Oh! non, dit-elle d'une voix qui plaidait. Pas ici, les gens...

Pourquoi désirait-il tellement la toucher, et pourquoi

en était-elle ennuyée? Chaque fois qu'il était avec elle, il voulait tenir sa main, ou la prendre par le bras quand ils marchaient ensemble, ou s'appuyer sur elle, pas beaucoup, seulement légèrement, afin que son épaule puisse toucher la sienne. Et elle ne voulait même pas cela. Tout le temps qu'il était séparé d'elle, il avait faim de sa présence, il l'implorait. Il semblait qu'un réconfort et qu'une chaleur émanaient d'Edna, et dont il avait besoin pour rester calme. Oui, c'était cela. Il ne pouvait rester calme avec elle, parce qu'elle ne voulait pas le laisser la toucher. Mais elle l'aimait, il le savait.

Pourquoi alors ressentait-elle une impression aussi bizarre? Chaque fois qu'il essayait de la toucher, ou même lui demandait de lui prendre la main, elle s'éloignait, et lui adressait un regard effrayé et suppliant, comme si elle redoutait qu'il lui fît mal. Ils pouvaient tout se dire. Et le fait qu'ils s'appartinssent l'un à l'autre n'était pas en question. Et cependant, il ne pouvait pas la toucher. Mieux, il ne pouvait même pas l'aider à enlever son manteau... La voix d'Edna tomba au milieu de ses pensées.

— Henry. Il se pencha pour écouter, avec un mouvement de la bouche.

— J'ai quelque chose à vous expliquer. Je vous le promets, sincèrement. Après le concert.

— Bien. Il était encore ennuyé.

— Vous n'êtes pas triste? dit-elle.

Il secoua la tête négativement.

— Oh ! Si, vous l'êtes, Henry.

— Non, vraiment pas. Il regarda les roses dans ses mains.

— Alors, êtes-vous heureux ?

— Oui. Voici l'orchestre.

Quand ils sortirent de la salle, le crépuscule arrivait. La lumière, bleue, diffuse, était suspendue au-dessus des rues et des maisons, et des nuages roses passaient dans un ciel pâle. Comme ils s'éloignaient du concert, Henry avait l'impression qu'ils étaient très petits et seuls. Pour la première fois depuis qu'il connaissait Edna, son cœur était lourd.

— Henry. Elle s'arrêta brusquement et le regarda.

— Henry, je ne viens pas à la gare avec vous. Ne m'attendez pas. Laissez-moi, je vous en prie. Je vous en prie.

— Mon Dieu, s'écria Henry, surpris. Qu'y a-t-il ? Edna... chérie... Edna... qu'ai-je fait ?

— Oh ! rien. Partez. Et elle se tourna, courut dans un square de l'autre côté de la rue, s'appuya sur la grille, et se cacha le visage dans les mains.

— Edna... Edna, mon petit amour, vous pleurez. Edna, mon petit !

Les bras le long de la balustrade, elle se laissa aller complètement à des sanglots désordonnés.

— Edna... arrêtez, tout est entièrement de ma faute. Je suis un imbécile. Je suis un idiot complet.

J'ai gâché votre après-midi. Je vous ai torturée avec ma sacrée stupide maladresse. C'est cela. N'est-ce pas, Edna ? Pour l'amour de Dieu !

— Oh ! sanglota-t-elle. Je déteste vraiment vous faire tant de mal. Chaque fois que vous me demandez de vous laisser... de vous laisser tenir ma main, ou m'embrasser, je pourrais me tuer de ne pas le faire, de ne pas vous le permettre. Je ne sais même pas pourquoi je ne le fais pas, dit-elle farouchement. Ce n'est pas que vous m'effrayiez — non — c'est simplement une impression, Henry, que je ne puis comprendre moi-même. Donnez-moi votre mouchoir, chéri. » Il le tira de sa poche. « Pendant tout le concert, j'ai été hantée par cette idée, et chaque fois que nous nous rencontrons, je sais que cela doit venir. Il me semble que si une seule fois cela arrivait, vous savez : nous tenir la main ou nous embrasser, tout serait changé, et je sens que nous ne serions pas libres comme nous le sommes, nous ferions quelque chose de secret. Nous ne serions plus des enfants. C'est bête, n'est-ce pas ? Je me sentirais gênée vis-à-vis de vous, Henry, timide, et je pense tellement que, parce que vous et moi sommes vous et moi, nous n'avons pas besoin de cette sorte de chose.

Elle se tourna et le regarda, portant les mains aux joues de la manière qu'il connaissait si bien, et derrière elle, comme dans un rêve, il vit le ciel, et une demi-lune blanche, et les arbres du square avec leurs boutons non ouverts. Il ne cessait de tortiller dans ses mains le programme du concert.

— Henry, vous me comprenez, n'est-ce pas ?

— Oui, je crois. Mais vous ne serez plus effrayée, dites ?

Il essaya de sourire.

Nous oublierons, Edna. Je n'en parlerai plus. Nous allons enterrer ces mauvaises idées dans le square, maintenant, vous et moi.

— Mais, dit-elle, scrutant son expression, m'en aimerez-vous moins ?

— Oh ! non, répondit-il, rien ne pourrait, rien au monde ne pourrait faire cela.

Londres devint leur terrain de jeu. Le samedi après-midi, ils partaient en exploration. Ils trouvèrent leurs boutiques à eux, où ils achetaient des cigarettes et des bonbons pour Edna — et leur maison de thé avec leur table, — leurs rues, et un soir où Edna était supposée se trouver à une conférence, ils trouvèrent leur propre village. C'était le nom qui les avait attirés là. « Il y a toute une cour de ferme dans ce nom », avait dit Henry... « Et une rivière et des petites maisons basses avec des vieillards assis dehors — des vieux loups de mer à jambes de bois, remontant leur montre, et il y a des petites boutiques dont on aperçoit les lampes par les fenêtres. »

Il était trop tard pour qu'ils vissent les cours de ferme ou les vieillards, mais la rivière était bien là et les maisons, et même les boutiques avec leurs lampes. Dans l'une d'elles, une femme était assise à sa machine à coudre. Ils entendirent le ronron et virent la grande ombre de la dame emplissant le magasin.

— C'est trop plein pour qu'un seul client puisse entrer, dit Henry. Quel endroit merveilleux !

Les maisons étaient petites et couvertes de plantes grimpantes et de lierre. Quelques-uns avaient des marches de bois usé montant aux portes. Il fallait, au contraire, descendre quelques marches pour arriver à d'autres; et, juste de l'autre côté de la route, visible de chaque fenêtre, il y avait la rivière, avec une promenade qui la longeait, et quelques hauts peupliers.

— Voilà l'endroit où nous devons vivre, dit Henry. Et il y a une maison à louer. Je me demande si elle pourrait attendre, au cas où nous serions candidats. Pourquoi pas ?

— Oui, j'aimerais vivre là, dit Edna. Ils traversèrent la route, et elle s'appuya sur le tronc d'un arbre, regardant la maison vide, avec un sourire rêveur.

— Il y a un petit jardin derrière, chérie, dit Henry, un pré avec un arbre, et des massifs de fleurs autour du mur. La nuit, les étoiles brillent dans l'arbre comme de minuscules petites bougies. Et, à l'intérieur, il y a deux chambres en bas, et une grande chambre à portes-glissières en haut, et au-dessus de cela, un grenier. Et il y a huit marches, conduisant à la cuisine, — très sombre, Edna. Vous êtes plutôt effrayée par ces marches, vous savez : « Henry chéri, voudriez-vous prendre la lampe, si cela ne vous ennuie pas ? Je voudrais bien être sûre qu'Euphémie a couvert le feu avant que nous allions nous coucher ! »

— Oui, dit Edna. Notre chambre à coucher est tout à fait en haut : cette pièce avec deux fenêtres carrées. Quand le temps est calme, nous pouvons entendre la rivière couler, et le son des peupliers loin, très loin, bruissant et coulant dans nos rêves, chéri.

— Vous n'avez pas froid ? dit-il, tout à coup.

— Non, non. Je suis simplement heureuse.

— La chambre aux portes glissières est la vôtre, poursuivit Henry en riant. C'est un ensemble, un mélange. Ce n'est pas du tout une chambre. Elle est pleine de vos jouets, et il y a une grande chaise bleue où vous vous asseyez repliée, avec les flammes se reflétant dans vos boucles, — parce que, bien que nous soyons mariés, vous n'avez pas changé de coiffure, et vous recouvrez vos cheveux seulement pour aller à l'église. Et il y a une carpette sur le parquet pour que je puisse m'étendre, moi qui suis si paresseux. Euphémie, notre bonne, ne vient que dans la journée. Quand elle est partie, nous descendons à la cuisine, nous asseyons sur la table, et mangeons une pomme, ou peut-être faisons-nous un peu de thé, rien que pour entendre chanter la bouilloire. Sans blague. Quand on écoute bien une bouilloire, c'est comme une matinée naissante de printemps.

— Oui, je sais, dit-elle. Toutes les espèces d'oiseaux.

Un petit chat passa à travers la grille de la maison vide et sur la route. Edna l'appela, se pencha et tendit les mains. « Minou ! Minou ! » Le petit chat courut à elle et se frotta contre ses genoux.

— Si nous sortons pour une promenade, prenez donc le chat, et rentrez-le dans l'antichambre, dit Henry, toujours à son imagination. J'ai la clef.

Ils traversèrent la route où Edna se tint, caressant le chat dans ses bras, tandis que Henry monta les marches et fit semblant d'ouvrir la porte.

Il redescendit rapidement. « Partons tout de suite. Cela va devenir un rêve .»

La nuit était sombre et tiède. Ils ne tenaient pas à rentrer.

— Ce dont j'ai la sûre intuition, poursuivit Henry, c'est que nous devrions vivre ici, maintenant. Nous ne devrions pas attendre. Qu'est-ce que la durée ? Vous êtes aussi vieille que jamais, et moi également. Vous savez, je pense tout le temps qu'il est dangereux d'attendre — et qu'attendre ne fait que reculer et reculer ce qu'on désire.

— Mais Henry, l'argent ! Vous savez bien que nous n'avons pas d'argent.

— Oh ! si je me déguisais en vieux, par exemple, nous pourrions trouver un emploi de gardiens dans une grande propriété. Ce serait assez drôle. J'inventerais de terribles histoires, si quelqu'un voulait la visiter, et vous pourriez vous habiller en fantôme, gémir et vous tordre les mains dans la galerie de tableaux déserte, pour effrayer les gens. Ne sentez-vous jamais que l'argent est quelque chose de plus ou moins accidentel — que si quelqu'un désire réellement quelque chose, il l'obtient, ou cela n'a pas d'importance ?

Elle ne répondit pas à cela. Elle leva les yeux vers le ciel et dit :

— Mon Dieu, je ne veux pas rentrer à la maison.

— Mais, oui, c'est là tout l'ennui, et nous ne devrions pas rentrer. Nous devrions retourner à cette maison et trouver une vieille soucoupe pour donner au chat les restes du pot à lait. Je ne plaisante pas réellement, je ne suis même pas heureux. J'ai besoin de vous, Edna, je suis seul — je donnerais n'importe quoi pour m'étendre et pleurer... et il ajouta faiblement : avec ma tête sur vos genoux et votre joue aimée reposant sur mes cheveux.

— Mais, Henry, dit-elle, se rapprochant, vous avez confiance, n'est-ce pas ? Je veux dire : vous êtes absolument certain que nous aurons une maison comme celle-là, et tout ce que nous désirons ?

— Ce n'est pas assez, non, pas assez. Je veux m'asseoir sur ces marches mêmes, enlever ces souliers que nous avons là, à la minute même. Et vous ? Est-ce que cela, c'est de la foi ?

— Si seulement, nous n'étions pas si jeunes, dit-elle pitoyablement. Et cependant, soupira-t-elle, je ne me sens pas très jeune, vraiment — j'ai l'impression d'avoir 20 ans au moins.

Henry était étendu sur le dos dans le petit bois. Quand il remuait, les feuilles mortes bruissaient sous lui, et au-dessus de sa tête les feuilles nouvelles tremblaient comme des fontaines d'eau verte plongées dans la lumière du soleil. Quelque part, hors de vue, Edna cueillait des primevères. Il avait été si plein de rêves ce matin-là qu'il ne pouvait partager sa joie de chercher ces fleurs. « Oui, mon amour, allez-y et revenez me trouver. Je suis trop paresseux. » Elle avait jeté son chapeau, et s'était agenouillée à côté de lui, et petit à petit, sa voix, les pas qu'elle faisait quand elle se relevait, étaient devenus plus étouffés. Maintenant, le bois était silencieux, à part le bruit du feuillage, mais il savait qu'elle n'était pas loin, et il remua de manière à pouvoir toucher du bout des doigts la veste qu'elle avait laissée. Depuis qu'il était éveillé, il s'était senti si bizarre, qu'il n'était pas réellement à l'état de veille complète, mais tout à fait comme dans un rêve. Quelques minutes avant, Edna était un rêve, et maintenant lui et elle rêvaient ensemble, et quelque part dans un endroit sombre, encore un autre rêve l'attendait. « Non, cela ne peut être vrai, parce que je ne peux même pas imaginer le monde sans nous. Je pense que tous les deux, nous sommes deux êtres qui doivent exister tout aussi naturellement que les arbres, les oiseaux, les nuages. » Il essaya de se rappeler à quoi ressemblait la vie sans Edna, mais ne put remonter à ce temps-là, qu'elle lui cachait. Edna, avec sa chevelure blond cendré et son sourire étrange, rêveur, le remplissait jusqu'au bord. Il la respirait; il la mangeait et la buvait. Il marchait dans la vie avec un anneau de lumière — Edna — écartant le monde, ou donnant une touche de sa propre beauté à tout ce sur quoi il se posait. « Longtemps après que vous vous êtes arrêtés de rire, lui disait-il, je peux entendre votre rire parcourant mes veines — et cependant — sommes-nous un rêve? » Et tout à coup, il se vit, ainsi qu'Edna, comme deux tout petits enfants se promenant dans les rues, regardant par les fenêtres, faisant des achats et s'en amusant, se parlant, souriant... il vit même leurs propres gestes, la manière dont ils se tenaient si souvent, sans mouvement, face à face... et puis il se retourna et enfouit sa figure dans les feuilles — défaillant de langueur. Il voulait embrasser Edna, et l'entourer de ses bras, la presser contre lui, sentir sa joue chaude sous son baiser, l'embrasser jusqu'à en perdre la respiration, et ainsi étouffer le rêve.

« Non, je ne puis continuer à être ainsi assoiffé », dit Henry, sautant sur ses pieds, et commençant à courir dans la direction par où elle était partie. Elle était allée loin. Au fond d'un creux de verdure, il la vit agenouillée, et quand elle l'aperçut elle fit signe de la main et dit :

— Oh ! Henry, comme elles sont belles ! Je n'en ai jamais vu d'aussi belles. Venez les voir !

Lorsqu'il arriva à elle, il se serait plutôt tranché la main que de gâter son bonheur. Comme Edna était étrange, ce jour-là ! Pendant tout le temps qu'elle lui parlait, ses yeux riaient ; ils étaient doux et moqueurs. Deux petites taches de couleur, pareilles à des cerises, brillaient sur ses joues, et elle répétait sans cesse :

— J'aimerais tant me sentir fatiguée. Je veux parcourir le monde entier avant de mourir. Henry, venez avec moi ! marchez plus vite, Henry ! Si je me mets à voler tout à coup, promettez d'attraper mes pieds, n'est-ce pas ? Autrement, jamais je ne redescendrai. Et elle s'écria : Oh ! je suis si heureuse, si extraordinairement heureuse !

Ils arrivèrent à un endroit bizarre, couvert de bruyères. C'était le début de l'après-midi, et le soleil prenait dans ses rayons la pourpre des fleurs.

— Reposons-nous là un instant, dit Edna, et elle

traîna les pieds dans la bruyère et s'étendit. Oh ! Henry, comme c'est beau. Je ne vois que les petites clochettes et le ciel !

Henry s'agenouilla près d'elle et prit quelques primevères dans son panier. Il en fit une longue chaîne pour lui mettre autour du cou.

— Je pourrais presque m'endormir, dit Edna. Elle avança vers lui jusqu'à ses genoux, et resta cachée dans sa chevelure juste à côté de lui. C'est comme si nous étions sous la mer, chéri. Il fait si doux et si calme.

— Oui, dit Henry d'une voix étrange et brusque. Maintenant, je vais vous faire un collier de violettes. Mais Edna se redressa. « Rentrons », dit-elle.

Ils revinrent à la route et marchèrent longtemps. Edna dit :

— Non, je ne pourrais parcourir le monde. Je suis fatiguée maintenant. Elle traînait les pas sur la bande d'herbe le long du chemin. Nous sommes fatigués, vous et moi, Henry ! Est-ce loin encore ?

— Je ne sais pas. Non, pas très loin, répondit Henry, scrutant des yeux l'horizon. Puis, ils marchèrent en silence.

— Oh ! dit-elle, c'est réellement trop loin. Je suis fatiguée et j'ai faim. Portez mon ridicule panier de primevères. Il le prit sans la regarder.

Enfin, ils arrivèrent à un village et une maison avec une pancarte : « Thés-Goûters. »

— Nous y sommes, dit Henry. Je suis déjà venu ici souvent. Asseyez-vous sur le petit banc, et je vais commander le thé. Elle s'assit sur le banc, dans le joli jardin tout blanc et jaune de fleurs de printemps. Une femme vint à la porte et s'y appuya, les regardant manger. Henry était très aimable avec elle. Edna ne disait pas un mot.

— Il y a beau temps que vous n'êtes venu, dit la femme.

— Oui, le jardin est magnifique.

— Assez beau, reprit-elle. La jeune dame est-elle votre sœur ? Henry fit signe : oui, et prit de la confiture.

— Il y a une ressemblance, dit la femme.

Elle alla dans le jardin, cueillit quelques têtes de jonquilles blanches, et les tendit à Edna.

— Vous ne connaissez personne, par hasard, qui veuille une maison, dit-elle. Ma sœur est tombée malade et m'a laissé la sienne. Je voudrais la louer.

— Pour longtemps ? demanda Henry poliment.

— Oh! dit la femme vaguement, cela dépendrait.

Henry poursuivit :

— Il se peut que je connaisse quelqu'un. Pourrions-nous aller la voir ?

— Oui. C'est juste au bas de la route, à deux pas, la petite avec des pommiers devant. Je vais vous chercher la clef.

Pendant qu'elle était partie, Henry se tourna vers Edna : « Voulez-vous venir ? dit-il. » Elle acquiesça.

Ils descendirent la route, passèrent la grille, montèrent le sentier herbeux entre les arbres roses et blancs. C'était une toute petite chose — deux pièces en bas, deux pièces en haut. Edna se pencha de la plus haute fenêtre et Henry se tint à la porte.

— L'aimez-vous ? demanda-t-il.

— Oui, s'écria-t-elle, lui faisant une place à côté d'elle à la fenêtre. Venez voir. C'est si gentil.

Il vint et se pencha par la fenêtre. En dessous d'eux, les pommiers se balançaient dans un vent léger qui poussa une longue mèche des cheveux d'Edna sur le visage de Henry. Ils ne bougeaient pas. C'était le soir. Les étoiles, suspendues comme des gouttes, éclairaient le pâle ciel vert. — Regardez, dit-elle. Des étoiles, Henry !

— La lune ne tardera pas à se lever, dit Henry.

Elle ne semblait pas remuer, et cependant s'appuyait sur l'épaule de Henry. Il passa le bras autour d'elle.

— Tous ces arbres en bas sont-ils des pommiers ? demanda-t-elle d'une voix hachée.

— Non, chérie, certains d'entre eux sont remplis d'anges, d'autres pleins d'amandes sucrées, mais la lumière du soir est terriblement trompeuse.

Elle soupira : « Henry, nous ne devons pas rester ici plus longtemps. »

Il la laissa partir. Elle se tint dans la chambre pleine d'obscurité et arrangea ses cheveux.

— Qu'avez-vous eu toute la journée? dit-elle, et elle n'attendit pas une réponse, mais courut à lui, mit les bras autour de son cou, et attira sa tête dans le creux de son épaule. « Je vous aime. Je vous aime, Henry. Serrez-moi. » Il l'enlaça, elle s'appuya sur lui et le regarda dans les yeux.

— Est-ce que cela n'a pas été terrible, toute la journée? dit Edna. Je savais ce qu'il y avait, et j'ai essayé de toutes les manières en mon pouvoir de vous dire que vous pouviez m'embrasser, que je le désirais... que je suis complètement guérie de cette appréhension...

— Vous êtes parfaite, parfaite, parfaite, dit Henry.

« La question est de savoir, dit Henry, comment je vais attendre jusqu'au soir. » Il sortit sa montre de sa poche, entra dans la maison et la glissa dans un vase de Chine sur la cheminée. Il l'avait regardée sept fois en une heure, et maintenant, il ne pouvait se rappeler l'heure qu'il était. Eh bien, il regarderait une fois de plus. Quatre heures et demie. Le train qu'elle prenait arrivait à 7 heures. Il lui faudrait partir à la gare à 6 heures et demie. Deux heures encore à attendre. Il parcourut encore la maison en bas et en haut. « Elle est jolie, dit-il. » Il alla au jardin, cueillit un bouquet rond de roses blanches et les mit dans un vase sur une table, près du lit d'Edna. « Je n'y crois pas, pensa Henry. Je n'y crois pas une seule minute. C'est trop. Elle sera là dans deux heures, et nous rentrerons à la maison. Je prendrai ce pot blanc sur la table de la cuisine, je traverserai la route jusque chez Mme Biddie où je trouverai le lait, et quand je reviendrai, elle aura allumé la lampe dans la cuisine. Je regarderai à travers la fenêtre, et la verrai allant et venant dans le cercle lumineux. Puis nous dînerons, et après le dîner — au diable la vaisselle ! — je mettrai du bois sur le feu, nous nous assiérons sur la carpette devant la cheminée et regarderons la flambée. Il n'y aura pas un son hormis celui du bois, et peut-être le vent rampera autour de la maison une fois... Et alors nous échangerons nos chandelles, et elle montera la première avec son ombre sur le mur à côté d'elle, et elle dira : Bonne nuit, Henry. Je répondrai : Bonne nuit, Edna. Puis je courrai en haut, sauterai dans mon lit, et regarderai le petit rais de lumière de sa chambre sous ma porte. Puis nous aurons tout demain matin, tout demain, et tout demain soir. Pense-t-elle aussi tout cela ? Edna, venez vite !

N'aurais-je que deux petites ailes
Et serais-je un petit oiseau à plumes
Vers vous je volerais, chérie...

Non, non, chérie... parce que l'attente est une sorte de Ciel, aussi, chérie. Si vous pouvez comprendre cela : Avez-vous jamais connu une maison qui puisse se tenir sur la pointe des pieds ? Celle-ci le fait actuellement. »

Il était en bas, et s'assit sur les marches de l'entrée, les mains croisées autour des genoux. Le soir où ils avaient trouvé le village et où Edna avait dit : « Avez-vous confiance, Henry ? » « Je n'avais pas confiance alors, pensa-t-il. Maintenant, si. Je me sens comme si j'étais Dieu. »

Il appuya sa tête contre le montant de la porte. Il pouvait à peine tenir les yeux ouverts, non qu'il eût sommeil, mais... pour une raison quelconque... et un long moment s'écoula.

Henry crut voir un grand papillon de nuit, blanc, volant sur la route. Le papillon se percha sur la grille. Non, ce n'était pas un papillon. C'était une petite fille avec un tablier. Quelle gentille petite fille, et il sourit dans son sommeil, et elle sourit, aussi, rentrant la pointe des pieds en marchant. « Mais, elle n'habite certainement pas ici, pensa Henry, puisque c'est à nous. La voici. »

Quand elle fut tout près de lui, elle sortit la main de sous son tablier, lui donna un télégramme, sourit, et s'en alla. « Voilà un drôle de cadeau ! songea Henry, le regardant. Peut-être est-ce seulement une illusion, peut-être y a-t-il un de ces serpents à l'intérieur, qui saute sur vous. » Il rit doucement dans son rêve et l'ouvrit avec beaucoup de précaution. « C'est juste un papier plié. » Il le prit et l'ouvrit entièrement.

Le jardin s'emplit d'ombres. Elles tissèrent une toile d'obscurité sur la maison, sur les arbres, sur Henry, sur le télégramme. Mais Henry ne bougea pas.

DANS L'AUTOBUS

La dame. — Oui, ma chère, il y en a ; il y a beaucoup de place. Si la dame voulait bien changer et s'asseoir en face... Cela vous ennuierait ? Pour que mon amie puisse venir à côté de moi... Merci beaucoup ! Oui, ma chère, les deux automobiles réquisitionnées pour services de guerre ; je m'accoutume tout à fait aux autobus. Naturellement, si nous allons au théâtre, je téléphone à Cynthia. Elle a encore une voiture. Son chauffeur a été appelé... Il y a très longtemps... Tué, je crois, à l'heure qu'il est. Je ne me souviens pas au juste. Je n'aime pas du tout le nouveau. Ça m'est égal de prendre un risque raisonnable, mais il est si obstiné : il fonce sur tout ce qu'il voit. Dieu seul sait ce qui se passerait s'il fonçait sur quelque chose qui ne se jetterait pas de côté. Mais la pauvre créature a un bras atrophié, et il y a quelque chose qui cloche dans un de ses pieds, m'a-t-il dit, je crois. Je suppose que c'est ce qui le rend si distrait. Enfin, qu'est-ce que tu veux... Comment, tu ne sais pas !

L'amie. — ... ?

La dame. — Oui, elle l'a vendue. Ma chère, c'était beaucoup trop petit. Il n'y avait que dix chambres à coucher dans cette maison. Extraordinaire ! On ne le croirait pas de l'extérieur, n'est-ce pas ? Et avec les gouvernantes et les nurses, etc... Tous les valets de chambre étaient obligés de coucher en ville... Tu sais ce que ça veut dire.

L'amie. —... !

Le receveur. — Passons les places, s'il vous plaît.

La dame. — Combien est-ce ? Deux sous, n'est-ce pas ? Deux places à deux sous, s'il vous plaît. Ne te donne pas la peine, j'ai de la petite monnaie, quelque part par là.

L'amie. —... !

La dame. — Non, ça va. J'en ai, si seulement je peux la trouver.

Le receveur. — ... Places, si vous plaît.

L'amie. —... !

La dame. — Vraiment ? En effet. Je me rappelle maintenant. Oui, j'ai payé pour venir. Très bien, je te laisse, pour cette fois seulement. C'est la guerre, ma chère.

Le receveur. — Jusqu'où c'est-y que vous allez ?

La dame. — Aux Boltons.

Le receveur. — Cinq centimes de « pusse » par tête.

La dame. — Non ! ah ! non. Je n'ai payé que deux sous pour venir. Vous êtes tout à fait sûr ?

Le receveur (furieux). — Voyez pour vous-même.

La dame. — Oh ! très bien. Voici deux sous *(à l'amie) :* c'est extraordinaire ce que ces hommes sont désagréables ! Après tout, il est payé pour faire son travail. Mais ils sont presque tous les mêmes. J'ai entendu dire que ces autobus affectent la colonne vertébrale au bout d'un certain temps. Ça doit être ça... On t'a dit pour Teddie ?

L'amie. —...

La dame. — Il a obtenu son... son... Qu'est-ce que c'est donc ? Qu'est-ce que c'est ? Suis-je bête !

L'amie. —...

La dame. — Oh ! non ! Il est commandant depuis des siècles.

L'amie. —...

La dame. — Colonel ? Oh ! non, ma chère, c'est quelque chose de bien plus élevé que ça. Pas sa compagnie, il y a longtemps qu'il l'a eue. Pas son bataillon...

L'amie. —...

La dame. — Régiment ! Oui, je crois que c'est son régiment. Mais ce que j'allais dire, c'est qu'il a été nommé... Oh ! c'est ridicule ! qu'est-ce qui est plus haut qu'un général de brigade ? Oui, je crois que c'est ça. Chef d'état-major. Évidemment, Mrs T... est folle de joie.

L'amie. —...

La dame. — Oh ! ma chère, tout le monde atteint le sommet de nos jours. Quelle que soit sa position, ce Teddy est un si chic type, que je ne vois vraiment pas comment... Trop triste, n'est-ce pas ?

L'amie. —...

La dame. — Tu ne savais pas ? Elle est au ministère de la Guerre, et réussit très bien. Je crois qu'elle a été augmentée l'autre jour. Elle a quelque chose à faire avec la notification des décès, ou la recherche des disparus. Je ne sais pas exactement ce que c'est. En tout cas, elle dit que les mots ne peuvent en exprimer la détresse, et elle doit lire les lettres de parents les plus déchirantes, etc... Heureusement, elles forment un petit groupe plein d'entrain dans leur bureau, toutes des femmes d'officiers ; elles font leur thé elles-mêmes, et vont chercher les gâteaux chacune à leur tour chez le pâtissier. Elle a un après-midi libre par semaine, et en profite pour ses courses ou pour se faire onduler les cheveux. La dernière fois, elle et moi sommes allées à la présentation de la collection de printemps chez Yvette.

L'amie. —...

La dame. — Non, vraiment pas. Ces robes-manteaux me fatiguent terriblement, pas toi ? C'est-à-dire, comme je lui disais, quel besoin de payer un prix exorbitant pour s'en faire faire une par Yvette, alors qu'on ne peut vraiment pas voir la différence, à la longue, entre celle-là et l'une de ces robes de confection à bon marché. Oui, on a la satisfaction personnelle de savoir que c'est de la bonne marchandise, etc.., mais ça n'a l'air de rien. Non, je lui ai conseillé de prendre un manteau et une jupe de bonne qualité. Parce que, après tout, ça fait toujours de l'effet. N'est-ce pas ?

L'amie. —...

La dame. — Oui, je ne lui ai pas dit ça, mais c'est ce que je pensais. Elle est beaucoup trop grosse pour ces robes-manteaux. Ses hanches ressortent beaucoup trop. J'en ai à moitié commandé une pour moi, d'un délicieux bleu indéfini, doublé du nouveau rouge langouste... J'ai perdu ma bonne Kate, tu sais.

L'amie. —...!

La dame. — Oui, est-ce assez ennuyeux ! Juste au moment où elle était plus ou moins au courant. Mais elle a perdu la tête, comme toutes à l'heure actuelle, et a décidé qu'elle voulait travailler dans les munitions. Je lui ai dit, quand elle m'a donné ses huit jours, qu'elle partirait à la condition formelle que, si elle y trouvait du travail (c'est très improbable je crois), elle ne reviendrait pas semer le désordre parmi les autres domestiques.

Le receveur (furieux). — Encore un sou chacune, si vous continuez.

La dame. — Oh! nous y sommes! C'est extraordinaire ! Je ne m'en serais jamais aperçue...

L'amie. —... ?

La dame. — Mardi ? Un bridge mardi ? Non, chère, je crains de ne pas pouvoir m'arranger pour mardi. Je sors les blessés tous les mardis, tu sais. J'envoie la cuisinière les conduire au zoo, ou à un endroit de ce genre, tu sais. Mercredi, je suis absolument libre mercredi.

Le receveur. — On sera mercredi avant que vous descendiez du bus si vous n'activez pas.

La dame. — Ç'en est assez, mon ami.

L'amie. —... !

BAINS TURCS

« Troisième étage à gauche, Madame, dit la caissière, en me tendant un ticket rose. Un instant, je vais sonner pour l'ascenseur ». Sa jupe de satin noir froufrouta à travers le hall pourpre et or, et elle attendit au milieu des palmiers artificiels, son cou blanc et sa figure poudrée sommée de masses de cheveux orange brillants — comme un champignon trop mûr qui aurait éclos d'un tronc épais et noir. Elle sonna, et resonna .

— Mille pardons, Madame. C'est une honte. Un nouveau garçon. Il part cette semaine.

Les doigts sur la sonnette, elle plongea le regard dans la cage comme si elle s'attendait à le voir gisant par terre, tel un oiseau mort. « C'est une honte. » Surgit de nulle part une minuscule silhouette dans une toque pointue et en gants de coton blanc. « Vous voilà ! dit-elle. Où étiez-vous ? Que faisiez-vous ? » En guise de réponse, la silhouette se cacha la figure derrière l'un des gants de coton blanc et deux fois éternua. « Hou ! C'est dégoûtant ! Conduisez Madame au troisième étage. » La miniature s'effaça, s'inclina, entra derrière moi et claqua les grilles. Nous montâmes, très lentement, avec accompagnement d'éternuements et de reniflements prolongés, mi-sifflants. Je demandai au sommet de la toque de cuir verni :

— Avez-vous un rhume ?

— C'est l'air, Madame, répliqua la créature, parlant du nez avec un air de retenue mêlée de grande délectation. On n'est jamais sec ici. Troisième étage, s'il vous plaît, dit-il en éternuant sur mes dix centimes de pourboire.

Je marchai dans un corridor carrelé, décoré de publicité pour de la lingerie et des faux seins. On me donna une minuscule cabine, une chemise de cotonnade bleue, et on me dit de me déshabiller et de venir à la Chambre Chaude aussitôt que possible. A travers les murs en planche, et du corridor, parvenaient des cris, des rires et des bribes de conversation.

— Êtes-vous prête ?

— Vous sortez maintenant ?

— Quand vous me verrez, moi !

— Berthe, Berthe !

— Un instant, un instant ! Tout de suite.

Je me déshabillai en hâte et sans ordre, avec la sensation d'appartenir à une troupe de petites écolières laissées en liberté dans une piscine.

La Chambre Chaude n'était pas grande. Elle avait des murs de terre cuite peints, avec une bordure de paons, et une verrière à travers laquelle on voyait le ciel pâle et irréel comme un décor d'arrière-plan chez un photographe. Quelques tables rondes parsemées de journaux de mode fripés, un bassin de marbre au centre de la pièce, empli de lis jaunes, et sur les chaises longues recouvertes de serviettes, un certain nombre de femmes, à l'air languide comme les fleurs...

Je m'étendis avec une toile sur la tête, et l'air, évoquant par son odeur la jungle, les cirques et le linge mis à tremper, me lança dans le rêve... Oui, il aurait peut-être été très intéressant d'épouser un explorateur... et de vivre dans la jungle, tant que le mari n'aurait pas tué ou pris au piège quoi que ce soit. J'ai horreur des bêtes savantes. Oh... ces cirques de mon pays... la tente dans le pré et un essaim d'enfants escaladant la barrière pour regarder les voitures et le clown se maquillant, sa glace fixée sur la roue de la voiture — et l'orgue à vapeur jouant « le Chèvrefeuille et l'Abeille » beaucoup trop vite... mille et mille fois. Je sais ce que cet air me rappelle : un jeu de poursuite à travers le linge mis dehors pour sécher...

La porte s'ouvrit. Deux grandes femmes blondes en robe de chambre à carreaux rouges et blancs entrèrent et prirent les chaises en face de la mienne. L'une d'elles portait une boîte de mandarines enveloppées dans du papier d'argent et l'autre un nécessaire de manucure. Elles étaient solidement bâties avec la figure gaie, hardie, et un flot exquis de cheveux flous clairs.

Avant de s'asseoir elles jetèrent un coup d'œil circulaire, regardèrent les autres femmes de la tête aux pieds, se tournèrent l'une vers l'autre, grimacèrent, murmurèrent quelque chose, et l'une d'elles dit, offrant la boîte : « Tu veux une mandarine ? » Sur quoi elles se mirent à rire, se renversèrent en arrière et se secouèrent. Et chaque fois qu'elles se regardaient, elles repartaient de plus belle.

— Ah! c'était trop drôle, s'écria l'une d'elles, s'essuyant les yeux avec beaucoup de soin, juste au coin. Toi et moi arrivant ici, très sérieuses, tu sais, très correctes, et regardant autour de la pièce, et... et, résultat de notre soigneuse inspection, je t'offre une mandarine. Non, c'est trop drôle. Il faut que je me rappelle ça. C'est assez bon pour un music-hall. Tu veux une mandarine ?

— Mais je ne peux pas imaginer, dit l'autre, pourquoi les femmes paraissent aussi hideuses aux Bains Turcs : comme des biftecks en chemise. Est-ce l'air, ou les femmes ? Regarde celle-là, par exemple, la maigrichonne qui lit un livre, et transpire de la moustache, et ces deux autres dans le coin, qui discutent pour savoir si elles devraient ou non dire aux enfants qu'elles n'ont pas comment viennent les bébés et... mon Dieu ! regarde celle qui entre. Prends la boîte, chérie. Prends toutes les mandarines.

La nouvelle venue était une forte petite femme courte avec des pieds plats, blancs, et un bonnet de caoutchouc noir sur les cheveux. Elle fit les cent pas dans la chambre, balançant les bras, affectant l'indifférence, lançant un regard méprisant aux femmes qui riaient, puis sonna la femme de chambre. Berthe arriva sur-le-champ, demi-nue et parsemée de gouttes savonneuses.

— Eh bien, qu'y a-t-il, Madame, je n'ai pas le temps...

— S'il vous plaît, apportez-moi une serviette à main, dit en allemand le bonnet de caoutchouc.

— Pardon, je ne comprends pas. Parlez-vous français ?

— Non, dit Bonnet de Caoutchouc.

— Berthe, appela une des femmes blondes en poussant un cri aigu, prenez une mandarine. Oh! mon Dieu, je vais mourir de rire.

Bonnet de Caoutchouc se livra à une pantomime exprimant qu'elle se trouvait mouillée et qu'elle s'essuyait. *Verstehen Sie?*

— Mais non, Madame, dit Berthe, roulant des yeux qui pétillaient de rire, et elle laissa Bonnet de Caoutchouc, cligna de l'œil vers les blondes, vint à elles, les tâta comme si elles avaient été une paire de volailles primées, dit : « Ça va très bien » et disparut.

Bonnet de Caoutchouc s'assit sur le bord d'une chaise, empoigna un journal de mode, tapa sur les pages bruissantes et fit mine de lire, tandis que les blondes s'étendaient et mangeaient les mandarines en jetant les pelures dans le bassin aux lis. Une odeur de fruits, fraîche et pénétrante, flottait dans l'air. Je regardai les autres femmes. Oui, elles étaient horribles, étendues, rouges et humides, les yeux éteints et les cheveux lâches. La seule parcelle d'énergie qu'elles avaient s'évanouit en pudibonderie choquée à l'égard de la conduite des deux blondes. Soudain, je découvris que Bonnet de Caoutchouc me fixait par-dessus son journal de mode, si intensément que je pris la fuite et allai dans une autre pièce. Mais en vain ! Bonnet de Caoutchouc me suivit et se planta devant moi.

— Je sais, dit-elle, confiante et se confiant, que vous savez parler allemand. Je viens de le lire sur votre visage. Est-ce que ce n'était pas un scandale de la part de cette employée de me refuser une serviette ? Je vais en parler à la direction, et je dirai à mon mari de lui écrire une lettre ce soir. Les choses font toujours plus d'effet venant d'un homme, n'est-ce pas ? Non, dit-elle, en essuyant ses bras jaunâtres, je n'ai jamais été dans un endroit aussi scandaleux : et quatre francs cinquante l'entrée ! Naturellement, je ne donnerai pas de pourboire. Vous n'en donneriez pas, n'est-ce pas ?

Pas après ce scandale à propos d'une serviette à main... J'ai grande envie de me plaindre aussi de ces femmes. Ces deux qui ne font que manger et rire. Savez-vous qui elles sont ? — Elle secoua la tête. Ce ne sont pas des femmes respectables, on peut le dire d'un regard. Moi, je le peux du moins, toute femme mariée le peut. Ce sont deux femmes de la rue, tout simplement. Je n'ai jamais été insultée pareillement de ma vie. Rire de moi, s'il vous plaît ! De grands gros cochons gras comme ça ! Et je n'ai pas du tout transpiré comme il faut, bien par leur faute. Je me suis mise tellement en colère que la sueur est rentrée au lieu de sortir, c'est ce que ça fait, quand on est irrité, quelquefois, vous savez, et maintenant au lieu de guérir mon rhume, je ne serais pas étonnée de faire de la fièvre. »

Je tournais en détresse autour de la chambre, poursuivie par Bonnet de Caoutchouc, quand les deux blondes entrèrent, et, la voyant, partirent d'un nouvel éclat de rire. A ma rage et mon dégoût, Bonnet de Caoutchouc vint à mes côtés, sourit d'un air significatif et fit une moue.

— Ça m'est égal, dit-elle de son affreuse voix allemande. Je ne m'abaisserai pas à faire la moindre attention à deux femmes de la rue. Si mon mari savait, il ne s'en remettrait jamais. Terriblement susceptible, voilà ce qu'il est. Nous sommes mariés depuis six ans. Nous venons de Phalsbourg. C'est une jolie ville. Nous avons quatre enfants vivants, et c'est en réalité pour guérir du choc causé par le cinquième que nous sommes venus ici. Le cinquième, murmura-t-elle, pagayant derrière moi, est né comme un bel enfant sain, et il n'a jamais respiré ! Eh bien, au bout de neuf mois, une femme ne peut pas s'empêcher d'être désappointée, n'est-ce pas ?

Je me dirigeai vers le bain de vapeur.

— Vous entrez là ? dit-elle. Je ne le ferais pas si j'étais vous. Les deux y sont allées. Elles peuvent croire que vous voulez faire leur connaissance. On ne sait jamais avec des femmes comme ça.

A ce moment, celles-ci sortirent, après s'être enveloppées dans des peignoirs, et passèrent à côté de Bonnet de Caoutchouc comme des reines dédaigneuses.

— Allez-vous enlever votre chemise au bain de vapeur ? demanda-t-elle. Ne faites pas attention à moi, vous savez. Une femme est une femme, et d'ailleurs, si vous préférez, je ne vous regarderai pas. Je sais : j'étais comme ça autrefois. Je parierais volontiers, poursuivit-elle furieuse, que ces ignobles femmes se sont regardées complaisamment. Hou ! des femmes comme ça. Elles sont impossibles à choquer. Et n'ont-elles pas mauvais air ? Effrontées, et tous ces faux cheveux. Cette boîte de manucure était garnie en or. Eh bien, je ne suppose pas que ce fût du vrai, mais je pense que c'est répugnant de l'avoir apportée. On pourrait au moins se couper les ongles en privé, n'est-ce pas ? Je ne peux pas voir ce que les hommes trouvent à de telles femmes. Non, un mari, des enfants et une maison dont elle s'occupe, voilà ce qu'il faut à une femme. C'est ce que dit mon mari. Imaginez une de ces drôlesses épluchant des pommes de terre ou choisissant la viande ! Vous partez déjà ?

Je fuyais pour trouver Berthe, et durant tout le temps que je fus savonnée, tapée et aspergée, et jetée dans un bain d'eau froide, je ne pus m'enlever de l'esprit la silhouette laide et misérable de la petite Allemande au bon mari et aux quatre enfants, se répandant en invectives contre les deux beautés fraîches qui n'avaient jamais pelé de pommes de terre ou choisi de la viande. Dans l'antichambre, je les vis de nouveau. Elles étaient habillées en bleu. L'une était en train de s'épingler un bouquet de violettes, l'autre de boutonner une paire de gants en suède ivoire. Coiffées de charmants chapeaux, enveloppées dans leurs manteaux de fourrure, elles se parlaient, debout. « Oui, les voilà », dit une voix à côté de moi.

Et Bonnet de Caoutchouc se trouvait là, transformée, dans une blouse à carreaux bleus et blancs, à col de laine épais, avec la petite poitrine et les larges hanches de la femme allemande, et un terrible nid d'oiseau, que Phalsbourg appelle sans doute *Reisehut*, sur la tête. « Comment croyez-vous qu'elles puissent se payer des vêtements comme ça. Quelles créatures horribles et basses ! Non, elles suffisent à faire réfléchir une jeune fille à deux fois. » Et, tandis que les deux femmes sortaient de l'antichambre, Bonnet de Caoutchouc les fixa, sa figure jaune pâle, toute bouche et yeux, pareille à celle d'un enfant affamé devant une table défendue.

UNE AVENTURE VÉRIDIQUE

« La petite ville s'étend sous le regard avide du voyageur comme une tapisserie estompée, tissée de l'argent de ses canaux. La grande horloge du beffroi l'anime de sa musique. La fantaisie et le rêve seuls respirent à l'ombre de la tour et de la façade médiévale, pour l'enchantement des yeux, l'inspiration de l'âme et la nourriture de l'esprit grâce à la grande beauté des œuvres d'art contemplées .»

Je lisais ces mots dans un guide en attendant la directrice de l'hôtel dans le hall. Ils avaient l'air extrêmement réconfortants, et mon cœur fatigué, enfoui dans mille emballages de ville grise, s'éveillait en moi, exultait... Je me demandais si j'avais assez de vêtements pour rester au moins un mois. « Je rêverai pendant des jours et des jours, pensai-je, prendrai un bateau et voguerai au long des canaux, ou arrimerai ma barque à un buisson vert s'emmêlant au bord de l'eau, et j'absorberai des façades médiévales. A l'angélus, je m'étendrai dans les hautes herbes de la prairie du Béguinage et contemplerai les ormes — leurs feuilles touchées de lumière d'or et tremblant dans l'air bleu — écoutant cependant les voix des religieuses en prières dans la petite chapelle, gagnant une pleine mesure de grâce pour me durer tout l'hiver .»

Tandis que je m'élançais magnifiquement sur ces ailes toutes neuves, « Madame » arriva et me dit qu'il n'y avait aucune chambre pour moi dans l'hôtel : pas un lit, pas un coin. Elle était très aimable et semblait trouver un fond d'amusement secret à la chose; elle me regarda comme si elle attendait que je me misse à éclater d'un rire charmé. « Demain, dit-elle, j'aurai peut-être quelque chose. Je crois qu'un jeune homme qui vient brusquement de tomber malade va quitter le numéro 11. Il est chez le pharmacien actuellement. Vous aimeriez peut-être voir la chambre? »

— Pas du tout, dis-je. Pas plus que je ne désirerai demain coucher dans la chambre d'un jeune homme indisposé.

— Mais il sera parti, s'écria « Madame », ouvrant tout grands ses yeux bleus et riant avec cette cordialité française si charmante aux oreilles anglaises. J'étais trop fatiguée et affamée pour apprécier ou discuter.

— Peut-être pouvez-vous me recommander un autre hôtel ?

— Impossible ! Elle secoua la tête et leva les yeux; comptant mentalement les raies bleues peintes au plafond. Voyez-vous, c'est la saison à Bruges, et les gens ne tiennent pas à louer leurs chambres pour très peu de temps, ajouta-t-elle sans un coup d'œil à ma petite valise déposée entre nous. Mais, moi, je lorgnai celle-ci d'un air sombre, et elle parut se rétrécir sous mon regard désespéré, devenir assez petite pour ne contenir rien d'autre qu'une brosse à dents pliante et démontable.

— Ma grande malle est à la gare, dis-je froidement, boutonnant mes gants.

« Madame » s'agita : Vous avez d'autres bagages... alors vous avez l'intention de faire un long séjour à Bruges, peut-être ?

— Au moins une quinzaine de jours, peut-être un mois. Je haussai les épaules.

— Un moment, dit « Madame ». Je vais voir ce que je peux faire.

Elle disparut mais pas plus loin, je suis sûre, que l'autre côté de la porte, car elle reparut immédiatement et me dit que je pourrais avoir une chambre à sa demeure personnelle.

— Juste au coin de la rue, et tenue par une vieille servante qui, bien qu'elle ait un œil albinos, est restée dans notre famille depuis quinze ans. Le portier vous conduira là-bas, mais vous pouvez dîner avant de partir.

J'étais la seule cliente dans la salle à manger. Un garçon fatigué déposa devant moi une omelette et du café, puis s'appuya sur une desserte et m'observa durant que je mangeais. La serviette informe passée à son bras symbolisait bien le personnage. La pièce était entourée de miroirs réfléchissant une infinité de tables vides, de garçons en train d'observer, et de dames solitaires trouvant un triste réconfort dans une omelette, buvant à petites gorgées du café au rythme de la « Chanson de Printemps » de Mendelssohn répétée trois fois par la grande horloge du beffroi.

— Êtes-vous prête, Madame? demanda le garçon. C'est moi qui transporte vos bagages.

— Tout à fait prête.

Il hissa la valise sur son épaule et marcha devant moi, dépassa les petits cafés à carreaux de faïence où hommes et femmes, à notre approche, laissaient de côté bière et cartes postales pour nous regarder, descendit une rue étroite entre des maisons aux persiennes fermées, traversa la place Van Eyck, et alla vers une maison de briques. Le trésor de famille à œil albinos, qui tenait en main un bougeoir semblable à une poêle à frire miniature, ouvrit la porte. Elle refusa de nous laisser entrer jusqu'à ce que chacun de nous lui ait raconté toute l'histoire.

— C'est ça, c'est ça, dit-elle. Jean, numéro cinq !

Elle froufrouta au long des escaliers, ouvrit une porte et alluma une autre poêle à frire miniature sur la table de nuit. La chambre était tapissée de rose, avait un lit rose, une porte rose, et une chaise rose. Sur le dessus de cheminée rose de jeunes chérubins obèses étaient projetés en dehors de coquilles d'œuf roses, trompettes en bouche. On m'amena un broc d'eau chaude; je fermai la porte à clef. « Bruges, enfin ! » pensai-je en grimpant sur un lit aux draps fins si glissants qu'on s'y sentait comme un poisson s'efforçant de nager sur un étang glacé. Et quelle maison tranquille, avec sa vieille servante « typique », la place Van Eyck, la blanche statue entourée de ces arbres obscurs et lourds : il y avait presque une touche de Verlaine en tout cela...

Bang ! claqua une porte. Je me redressai terrifiée et tâtai à côté de moi cherchant la poêle à frire, mais c'était la chambre voisine envahie soudainement. « Enfin rentrés ! s'écria une voix de femme. Mon Dieu, mes pieds ! Veux-tu descendre voir Marie, mon cher, et lui demander le tub et de l'eau chaude ?

— Non, c'en est trop ! tonna la réponse. Tu t'es lavée trois fois aujourd'hui déjà.

— Mais tu ne sais pas combien je puis souffrir ; ils sont tout enflammés. Regarde un peu !

— J'ai déjà vu ça trois fois ; je suis fatigué. Je te prie de venir te coucher.

— Ce n'est pas la peine, je ne pourrais pas dormir.

Mon Dieu, mon Dieu, comme une femme peut souffrir ! »

Un grognement masculin accompagné de bruits de déshabillage.

— Alors, si j'attends jusqu'au matin, promettras-tu de ne pas me traîner à un musée de peinture ?

— Oui, oui, je promets.

— Mais vraiment ?

— Je te le dis.

— Je peux te croire ? Un long râle.

— Il est absurde de faire ce bruit, car tu sais toi-même que la même chose est arrivée hier soir et ce matin. »

Il n'y avait qu'une seule chose à faire. Je toussai et m'éclaircis la gorge de cette manière déplaisante et importune de gens étrangers habitant des chambres voisines. Cela fit l'effet d'un charme. Leur conversation se tamisa en un murmure de voix féminine seulement. Je m'endormis...

« Barques à louer. Visitez en bateau la Venise du nord. Explorez les ruelles pittoresques et mal connues. » Avec le souvenir du guide accroché à moi, j'entrai dans la boutique et demandai un bateau.

— Avez-vous un petit canoë, dis-je.

— Non, Mademoiselle, mais une petite barque, qui convient très bien.

— Je désire aller seule et revenir quand je veux.

— Vous êtes donc déjà venue?

— Non.

Le loueur parut perplexe.

— Il n'est pas sûr pour Mademoiselle d'aller sans guide la première fois.

— Alors, j'en prends un à la condition qu'il soit silencieux et ne me désigne aucune des beautés à voir.

— Mais les noms des ponts, s'écria le loueur, les façades fameuses?

Je descendis précipitamment à l'embarcadère. « Pierre, Pierre » appela mon bonhomme. Un grand pataud de jeune Belge, les bras chargés de bouts de tapis et d'oreillers de velours rouge apparut et jeta son butin dans une immense embarcation. Sur le pont, au-dessus de l'embarcadère, une foule s'amassait, regardant les préparatifs, et juste alors que je m'asseyais, un gros couple qui était resté pendu au-dessus du parapet, descendit les marches en se ruant. Homme et femme déclarèrent qu'ils devaient venir aussi.

— Certainement, certainement, dit Pierre, tendant la main avec une grâce charmante pour aider la femme à monter. Mademoiselle n'y verra aucun inconvénient. Ils s'assirent dans la coque. Le monsieur tenait la main de la dame, et nous tournâmes autour de ces « rubans d'argent » tandis que Pierre bombait le torse et chantait les beautés de Bruges avec l'abandon délirant d'un amoureux latin. Tournez la tête par ici, à gauche, à droite, maintenant, attendez un instant, contemplez ce pont, observez cette façade. Mademoiselle, désirez-vous voir le « lac d'Amour »?

J'eus une expression vague. Le gros couple répondit pour moi.

— Alors, nous allons débarquer.

A coups de rame, nous approchâmes d'un petit parapet. Nous attrapâmes un buisson, et je sautai à terre.

— A vous, Monsieur. Monsieur réussit à suivre, et, s'agenouillant sur la rive, tendit à Madame, comme support, le manche de sa canne. Elle se leva, vigoureuse et souriante, agrippa la canne étroitement appuyée sur le bord du bateau, et l'instant d'après se trouvait tombée à plat dans l'eau.

— Ah ! qu'est-il arrivé, qu'est-il arrivé, hurla Monsieur, attrapant le bras de Madame, car l'eau n'était pas profonde et lui venait seulement à la taille. D'une manière ou d'une autre, nous la pêchâmes. Hissée sur la rive, elle s'assit et reprit sa respiration, tordant sa jupe d'alpaga noir.

— Ce n'est rien du tout : un petit accident, dit-elle, étonnamment enjouée.

Mais Pierre était furieux.

— C'est la faute de Mademoiselle qui voulait voir le « lac d'Amour », dit-il. Madame ferait mieux de traverser le pré et d'aller boire quelque chose au petit café d'en face.

— Non, non, dit-elle. Mais Monsieur appuya Pierre.

— Vous attendrez notre retour, me dit Pierre avec haine.

J'acquiesçai et tournai le dos, car la vue de Madame, battant des ailes sur l'herbe du pré comme un gros canard maladroit, c'en était trop pour moi. On ne peut pas espérer voyager dans des barques tapissées avec des gens suffisamment éclairés pour comprendre un rire ayant sa source dans la sympathie. Quand ils furent hors de vue, je courus aussi vite que je le pus de l'autre côté du pré, rampai sous une barrière, et ne retournai jamais près du « lac d'Amour .» Ils peuvent me croire noyée s'ils veulent, pensai-je, j'ai eu ma ration complète de canal pour toute la vie.

Dans la prairie du Béguinage, à l'angélus, l'herbe est piquetée de petits groupes de .peintres avec des chevalets aux maigres jambes, et dont chacun semble avoir sa personnalité. Ils se tiennent — ces chevalets — défiant cruellement l'effort des peintres, et rendant à leur longue, longue contemplation, un regard inachevé. De jeunes Anglaises aux chapeaux entourés de fleurs, et l'espoir de la jeunesse masculine américaine laissent libre expression à leur âme avec une gaîté et une « camaraderie », un air qui veut dire : « le monde est notre terrain de jeu resplendissant », théoriquement délicieux. Ils s'entr'appellent, se jettent cigarettes et chocolat avec une naïveté juvénile, tandis que des bandes de touristes échappés des griffes d'une vieille femme qui les attend à l'ombre de la porte de la chapelle s'arrêtent l'air rêveur devant les chevalets pour « voir et remarquer, et dire de qui... »

J'étais étendue sous un arbre, me sentant coupable de n'avoir pas de carnet de croquis, suivant des yeux les martinets qui tournaient et plongeaient dans l'air lumineux, et me demandant si tous les chiens foncés. couchés dans l'herbe, appartenaient aux jeunes peintres, lorsque deux personnes passèrent devant moi, un homme et une femme, la tête penchée sur un livre. Il y avait quelque chose qui m'était vaguement familier dans leur pas. Soudain, ils me regardèrent — nous nous fixâmes, — ouvrirent la bouche. Elle se pencha sur moi, et lui, il enleva son « canotier » immaculé et le mit sous son bras gauche.

— Katherine ! C'est extraordinaire ! C'est incroyable après toutes ces années ! s'écria-t-elle. Puis, se tournant vers l'homme : Guy, s'écria-t-elle, c'est Katherine. A Bruges, entre toutes les villes du monde !

— Pourquoi pas, dis-je, me donnant l'air intelligent et tentant de me rappeler son nom.

— Mais, ma chère, la dernière fois que nous nous sommes vues, c'était en Nouvelle-Zélande. Pense seulement à tous ces kilomètres !

Évidemment, c'était Betty Sinclair. J'avais été en classe avec elle.

— Où es-tu descendue ? Es-tu ici depuis longtemps ? Oh ! tu n'as pas changé d'un jour, pas d'un jour. Je t'aurais reconnue partout.

Elle fit signe au jeune homme, et dit, rougissant comme si elle avait honte, — mais il fallait bien voir la réalité en face — « Voici mon mari .» Nous nous serrâmes la main. Il s'assit et mâcha un brin d'herbe. Un silence tomba pendant que Betty reprenait son souffle et me pressait la main.

— Je ne savais pas que tu étais mariée, dis-je stupidement.

— Oh ! Ma chère, j'ai un bébé, dit Betty. Nous habitons l'Angleterre, maintenant. Nous sommes très lancés sur le vote des femmes, tu sais.

Guy enleva la paille.

— Êtes-vous avec nous ? demanda-t-il avec force,

Je secouai la tête négativement. Il reprit sa paille, et plissa les yeux.

— Alors, voici l'occasion, dit Betty. Ma chère, combien de temps restes-tu ? Il faut que nous nous promenions ensemble, et ayons de longues conversations. Guy et moi, nous ne sommes pas un couple de lune de miel, tu sais. Nous adorons avoir d'autres gens avec nous, quelquefois.

Le beffroi se mit à sonner « Voyez venir le héros conquérant ! »

— Malheureusement je dois repartir très vite. J'ai reçu une lettre urgente.

— Quel dommage ! Tu sais que Bruges est littéralement bondée de trésors et d'églises et de tableaux. Il y a un concert de plein air ce soir sur la Grand'Place. A partir de demain commence un concours de carillonneurs qui doit durer la semaine entière.

— Il faut absolument que je parte, dis-je si fermement que mon âme sentit des ordres de marche irrépressibles, stimulés par le beffroi.

— Mais les rues étranges et les odeurs continentales, et les fabricants de dentelle, si nous pouvions seulement flâner par-ci, par là, nous trois, et emmagasiner tout cela.

Je soupirai et me mordis la lèvre inférieure.

— Quelle est votre objection au vote des femmes ? demanda Guy, regardant les religieuses passant leur chemin en douce procession à travers les arbres.

— J'ai toujours eu l'idée que tu étais passionnée par l'avenir des femmes, dit Betty. Viens dîner avec nous ce soir. Nous décortiquerons entièrement le sujet. Tu sais, après la vie éprouvante de Londres, on semble voir les choses sous une lumière si différente dans cette cité de l'ancien monde.

— Oh ! sous une lumière très différente en effet, répondis-je, secouant la tête à la vue du guide familier qui émergeait de la poche de Guy.

PENSION SEGUIN

La femme de chambre qui ouvrit la porte était sœur jumelle de cette créature capable et hideuse qui porte une soupière dans le *Premier Tableau Français*. Sa face ronde et rouge luisait comme de la porcelaine de Chine fraîchement lavée. Elle avait une paire d'immenses bras nus assortis à sa figure, et une quantité de cheveux lustrés arrangés en une sorte de nœud. Je bégayai d'une manière ridicule, essoufflée, comme si une bande de loups russes étaient à mes trousses, plutôt que les cinq étages d'un escalier français merveilleusement ciré.

— Avez-vous une chambre ? La femme de chambre ne savait pas. Elle allait demander à Madame. Madame était en train de dîner.

— Voulez-vous entrer, s'il vous plaît ?

A travers l'obscure antichambre, gardée par un grand poêle noir qui avait l'apparence d'un chat sans tête avec un œil rouge « omnivoyant » au milieu du ventre, je la suivis dans le salon.

— Asseyez-vous, s'il vous plaît, dit la femme de chambre, fermant la porte sur moi. J'entendis ses pantoufles feutrées traînant au long du corridor, le bruit d'une autre porte qui s'ouvrait, un murmure, instantanément étouffé. Le silence s'ensuivit.

Le salon était étroit et long avec un parquet jaune parsemé de petits tapis blancs. Des rideaux de mousseline blanche cachaient les fenêtres; les murs blancs étaient décorés de dames pâles voguant dans des avenues de cyprès vers des temples abandonnés, et de lunes se levant sur des océans sans limite. On aurait cru que toutes les longues années de virginité de Madame avaient été consacrées à la confection de petits tapis blancs, que sa voix d'enfant avait zézayé ses nombres tout en faisant des rangs au crochet. Je n'osais pas commencer à compter les petits tapis. Ils pleuvaient sur moi de tous les endroits possibles, comme d'impossibles flocons de neige. Jusqu'au tabouret du piano qui était recouvert d'une broderie aux initiales P. F.

J'avais cherché un lieu de repos toute la matinée. Au début, je volais en haut d'innombrables escaliers comme s'ils étaient des gammes en majeur, — la chose la plus réjouissante du monde — mais après des échecs répétés, les gammes étaient tombées en mineur, et mon cœur, qui était alors très abattu, se remonta à ces signes et gages de vertu et de sérieux. « Une femme aux passions aussi raisonnables, pensai-je, est forcément calme et propre ; elle a quelques bébés et un mari très souvent absent. Les carpettes ne sont pas une espèce de choses qui se prêtent, dans leur confection, à des chansons joyeuses. Elles sont essentiellement le fruit d'une pieuse solitude. Je vais certainement prendre une chambre ici. » Et je me mis à rêver de défaire mes vêtements dans une petite chambre blanche, de me mettre en kimono pour m'étendre sur un lit blanc, et pour regarder les rideaux flotter hors des fenêtres dans le délicieux air d'automne sentant les pommes et le miel... jusqu'à ce que la porte s'ouvrît et qu'entra une grande femme mince en tablier lilas, souriant vaguement.

— Madame Séguin ?

— Oui, madame.

Je répétai l'histoire familière. Une chambre tranquille, éloignée de toute cloche d'église, de chants du coq, d'écoles de garçons ou de gares de chemin de fer.

— Il n'y a aucune de ces choses dans tout le voisinage, dit Madame, l'air très surpris. J'ai une très belle chambre à louer, et tout à fait à l'improviste. Elle était occupée par un jeune homme de Buenos-Aires dont le père est mort, malheureusement, et l'avait imploré de rentrer sur-le-champ. Très naturel, évidemment.

— Oh ! très, dis-je, en espérant que l'apparition à la

Hamlet reposait de nouveau et n'envahirait pas ma solitude pour s'assurer de l'obéissance de son fils.

— Si Madame veut me suivre.

Je tâtai mon chemin le long d'un obscur corridor, et tournai à angle aigu. J'avais envie de demander à Madame si c'était là que le père de Buenos-Aires était apparu à son fils, mais je n'osai pas.

— C'est ici, vous voyez. Très à part de tout, dit Madame.

J'ai toujours regardé avec la somme de respect et d'horreur convenable ces esprits pénétrants qui ne sont pas sensibles aux apparitions ou apparences. En quoi peut-on croire si ce n'est aux apparences ? J'ai presque toujours trouvé qu'elles sont à peu près les seules joies au monde, et si jamais un innocent enfant pose la tête sur mes genoux et me demande le fond de la vérité, je lui dirai l'histoire de ma seule nurse qui, connaissant mon horreur pour la confiture de groseille, étalait une couche d'abricot sur le haut du pot. Du moment que je croyais que c'était de l'abricot, j'étais heureuse. La sagesse aidant, je m'arrangeai pour manger l'abricot et laisser de côté la framboise. « Aussi, vois-tu, mon innocente petite créature, conclurai-je, le grand enseignement de la vie, c'est de se contenter des apparences, et d'éviter les banalités de l'épicier et du philosophe. »

Un brillant soleil se coulait à travers les fenêtres de la délicieuse chambre. Le lit était en alcôve, un bureau était placé contre une des fenêtres, un divan le long du mur. Je me penchai dehors pour regarder une avenue d'arbres rouge et or et lever les yeux vers une chaîne de montagnes blanches de neige fraîchement tombée.

— Cent quatre-vingts francs par mois, murmura Madame, avec un sourire inexpressif, mais une attitude qui semblait signifier : « Bien entendu, cela n'a aucun rapport avec ce qui nous occupe .» Je répondis : « C'est trop. Je n'ai pas les moyens de payer plus de cent cinquante francs.

— Mais, expliqua Madame, les dimensions ! l'alcôve ! Et la rareté extrême de se trouver dominé par tant de montagnes !

— Oui, dis-je.

— Et puis la nourriture. Il y a quatre repas par jour, et le breakfast dans votre chambre si vous le désirez.

— Oui, dis-je plus faiblement.

— Et mon mari, professeur au Conservatoire, cela aussi, c'est si rare.

Le courage est semblable à un chien désobéissant, quand il commence à fuir, il s'envole d'autant plus vite que vous essayez de le rappeler.

— Cent soixante, dis-je.

— Si vous êtes d'accord pour la prendre pour deux mois, j'accepte », dit Madame très vite. Je fus d'accord.

Marie m'aida à défaire mes valises. Elle s'agenouilla

sur le parquet, tout en souriant et grattant ses gros bras rouges.

— Ah ! comme je suis contente que Madame soit venue, dit-elle. Maintenant nous allons avoir de nouveau un peu de vie. Monsieur Arthur, qui habitait cette chambre, il était gai, lui. Il chantait toute la journée et dansait parfois. Bien souvent Mademoiselle Ambatelios jouait, et il dansait pendant une heure sans arrêt.

— Qui est Mademoiselle Ambatelios ? demandai-je.

— Une jeune femme qui étudie au Conservatoire, dit Marie, en reniflant d'une manière très amicale. Mais elle donne des leçons aussi. Ah ! mon Dieu, quelquefois quand je nettoie sa chambre, je pense que ses doigts vont tomber. Elle joue toute la journée. Mais j'aime ça : c'est de la vie, le bruit. C'est ce que je dis. Vous l'entendrez bientôt. Elle monte et descend les gammes, conclut Marie avec une extrême cordialité.

— Mais, m'écriai-je, vouant Marie au diable, combien d'autres personnes séjournent ici ?

Marie haussa les épaules : « Personne de qui parler. Il y a le monsieur russe, c'est un prêtre, les trois enfants de Madame et c'est tout. Les enfants sont assez vivants, dit-elle en emplissant la cruche de la table de toilette, mais il y a le bébé, le garçon ! Ah ! vous apprendrez comment il est bien assez tôt, le pauvre petit ! » Je la détestai tant que je ne voulus plus rien lui demander d'autre.

J'attendis qu'elle fût partie, et me penchai au balcon, observant le soleil plonger dans les arbres jusqu'à ce qu'ils parussent emplis d'or mouvant. Je me demandais ce qu'avait le mystérieux bébé.

Pendant tout l'après-midi, Mademoiselle Ambatelios et le piano se battirent contre la sonate Appassionata. Ils la taillèrent en pièces et la refirent au gré de leur cœur ; puis la découusirent, et l'essayèrent en des styles variés. Une petite touche fut ajoutée ici, quelque chose ramassé là. Finalement, il fut décidé que le seul élément important était la pédale forte. Le mystérieux bébé, caché derrière Dieu sait combien de portes, criait avec une persistance si étonnante que je devais tendre l'oreille pour déterminer s'il s'agissait d'un bébé, d'un moteur, ou d'un sifflet au loin. A la tombée du jour, Marie, accompagnée des deux petites filles, m'apporta une lampe. Mon aspect troubla ces charmants enfants à tel point que, durant une demi-heure ensuite, ils foncèrent de sens et d'autre le long du corridor, dans un état frénétique, se cognant aux murs et poussant des hurlements d'un rire moqueur.

A huit heures le gong résonna pour le dîner. J'avais faim. Une odeur forte et chaude de viande cuite, emplissait le corridor. « Bien, pensai-je, en tout cas, à en juger par l'odeur, la nourriture doit être bonne. » Et, avec une impression de frayeur, j'entrai dans la salle à manger.

Deux rangées de figures se tournèrent pour me regarder. Monsieur Séguin me présenta, tapa sur la table avec la cuiller à soupe, et les deux petites filles, effrontées et dédaigneuses, s'écrièrent : « Bonsoir, madame. » En même temps, le bébé, à moitié abruti par son exhibition de l'après-midi, vida sa tasse de lait sur sa tête, tandis que Mme Séguin me montrait ma place. Au milieu de la confusion créée par cet épisode, et par la sortie, dans les bras de Marie, du bébé crachant et hurlant de rage, je m'assis à côté du prêtre russe et en face de Mlle Ambatelios. M. Séguin prit une baguette de pain dans une corbeille à trois pieds placée près de lui, et la coupa contre sa poitrine. Le potage fut servi, les lettres en vermicelle de l'alphabet flottant au-dessus. Ce fut l'ultime coup porté aux façons de se tenir à table des petites Séguin.

— Maman, Yvonne a eu plus de lettres que moi.

— Maman, Hélène prend toujours mes lettres avec sa cuiller.

— Enfants ! Enfants ! Du calme, du calme ! dit Mme Séguin mollement. Allons, ne faites pas ça.

Hélène saisit l'assiette d'Yvonne et la tira vers elle.

— Assez, dit M. Séguin qui ressemblait à un rat, avec des lunettes toutes embuées de vapeur de soupe. Hélène, quitte la table. Va voir Marie. *Exit* Hélène, tablier sur la tête.

La soupe fut suivie par des marrons et des choux

de Bruxelles. Pendant tout le temps, le prêtre russe, qui portait une cravate bleu pâle, une redingote boutonnée, et une moustache aussi féroce qu'un roman de Gogol, entretint une conversation fleuve avec Mlle Ambatelios. Celle-ci, l'air très jeune, était robuste, avec un ferme buste haut placé, décoré d'un bouquet de roses artificielles, qu'elle ne cessait de toucher, ou bien sa blouse, ou ses cheveux. Ou bien encore elle regardait ses mains, avec un sourire tremblant sur ses lèvres, et ses yeux bleus grand ouverts. Elle semblait à demi-enivrée par la fraîcheur de son jeune corps.

— Je vous ai vue ce matin, et vous, vous ne m'avez pas vue, disait le prêtre.

— Pas vrai.

— Si.

— Non, n'est-ce pas, Madame ?

Mme Séguin sourit, emporta les marrons et revint avec un plat de poires.

— J'espère que vous viendrez dans le salon après le dîner, me dit-elle. Nous bavardons toujours un peu... Nous sommes tellement une petite famille. Je souris, tout en me demandant pourquoi des poires devaient suivre des marrons.

— Je dois m'excuser pour bébé, poursuivit-elle. Il est si nerveux. Mais il passe sa journée dans une chambre à l'autre bout de l'appartement par rapport à vous. Vous ne serez pas dérangée. Mais pensez un peu ! Durant des jours entiers il cogne sa petite tête contre le parquet et les murs. Les docteurs n'y comprennent rien.

M. Séguin repoussa sa chaise, et dit la prière. Désespérée, je suivis au salon.

— Je pense que vous avez admiré mes petits tapis, dit Mme Séguin avec plus d'animation qu'elle n'en avait fait preuve jusqu'alors. Les gens s'imaginent toujours qu'ils sont le produit de mon art. Mais, hélas, non ! Ils sont tous l'œuvre de mon amie, Mme Kummer, qui a la pension du premier étage.

VIOLETTE

J'ai rencontré une jeune vierge
Qui tristement gémissait...

Il existe un proverbe anglais, très patelin et irritant, qui dit que « tout nuage a une bordure d'argent ». Lorsqu'on est jusqu'au cou dans les nuages, quel réconfort peut-on trouver à évoquer leur bordure ? Il est bien déplaisant, lorsqu'on vit un drame, de lui imprimer un cachet de carte postale illustrée, petite monstruosité à bon marché sur laquelle s'étale orgueilleusement, dans le coin gauche, une lune pareille à une pièce de deux sous [1].

[1] Tout ce passage et celui qui suit sont parfaitement obscurs. Le traducteur a cependant préféré s'en tenir — autant que possible — au texte.

Quoi qu'il en soit, comme ce qui est patelin et irritant en général, le proverbe dit vrai. La bordure m'éveilla après ma première nuit à la pension Séguin et me révéla, au-dessus du traversin, une chambre où brillait le soleil comme si tous les bébés à cheveux d'or du ciel étaient en train de bombarder la terre avec des bouquets de boutons d'or. « Quelle charmante fiction ! pensai-je. Combien plus jolie que le proverbe ! Elle rappelle un jour à la campagne avec mon amie Katharine Tynan. »

Et je vis une petite photographie de moi et de Katharine Tynan, à qui une femme à la face rougeaude, avec un tablier révélant des formes immensément rebondies, tendait des verres de lait, tandis que nous discutions de la vérité immédiate des proverbes telle qu'elle peut être opposée à la fiction qui représente des bébés en train de jouer. Mais en un tel cas, mon moi imaginaire se rangea du côté des proverbes. « Il y a beaucoup de bon sens en eux, dit cet être grossier. J'admire la manière dont ils mettent collectivement le pied sur les tentatives féminines pour broder sur toute chose. Tant va la cruche à l'eau qu'à la fin elle se casse .» *Also gut*[1]. Il n'y a pas là de fissure qui puisse permettre de dédier une pièce de vers à une cruche cassée. Pas de chance possible, pour le puits d'où l'eau est tirée, d'être une de ces sources

[1] En allemand dans le texte.

symboliques auxquelles sont portés tous les cœurs en forme de cruche. Le seul proverbe que je désapprouve, poursuivit cette créature impossible, cueillant un petit oignon dans la corbeille de fleurs et le mâchant, est celui qui concerne l'oiseau dans la main. Je préfère naturellement les oiseaux dans les buissons. « Mais, dit Katharine Tynan, l'air tendre et rêveur, et tout en enlevant une petite mouche verte de son verre de lait, mais si vous étiez saint François, l'oiseau ne serait pas *ennuyé* d'être dans votre main. Il *préférerait* le nid blanc de vos doigts à tous les buissons. »

Je sautai hors du lit, courus à la fenêtre pour l'ouvrir toute grande, et me penchai dehors. En bas dans l'avenue, une brise agitait et balançait les arbres; la senteur des feuilles montait avec l'air. Les maisons qui bordaient l'avenue étaient petites et blanches. Charmantes petites maisons à l'aspect chaste, elles montraient des aperçus de dentelle et de nœuds de ruban, et ressemblaient à s'y méprendre à des enfants de la campagne en rang, et sur le point de jouer à « Nous n'irons plus au bois ». Je me mis à imaginer une adorable petite créature qui vivrait dans l'une de ces maisons, et dans toutes... Elle passe ses matinées dans un bonnet de dentelle blanche pour le boudoir, ouvragé de pâquerettes, d'une main sirotant du chocolat dans une tasse de sèvres, tandis qu'une fidèle servante polit les petits ongles roses de l'autre main.

Elle passe l'après-midi dans son minuscule boudoir blanc et or, toute bouclée, un chat persan sur les genoux, tandis que son bel et ardent amoureux se penche derrière elle par-dessus le sofa, déposant baisers sur baisers à l'endroit de cette fossette trois fois fascinante sur son épaule gauche... Ce fut à cet instant de ces réflexions qu'une des fenêtres d'un balcon s'ouvrit, et qu'une robuste femme de chambre apparut les bras emplis de couvertures et de bouts de tapis. Dans un geste exprimant la fureur et le dégoût, elle les lança sur la balustrade, disparut, reparut avec un balai à long manche et tomba sur les minuscules couvertures et tapis. Bang ! Pif ! Paf ! Bang ! Ils se mirent à danser une faible et pitoyable gigue qui lui fit redoubler ses efforts. Des nuages de poussière s'envolèrent autour d'elle, et quand une petite couverture s'aplatit sur l'avenue en bas, comme un poisson, elle se pencha par le balcon, lui montrant le poing et agitant le balai.

Attiré par le bruit, un vieux monsieur vint à une fenêtre en face, lança un coup d'œil approbateur à la femme en plein travail, et bâilla à la face de cette aimable journée. Il y avait un air à la fois d'insouciance et de résolution dans la manière dont il tâta soigneusement les muscles de ses bras et de ses jambes, se pinça la gorge, toussa et lança un jet de salive par la fenêtre. Il parut plus surpris que quiconque de ce dernier exploit. Il considéra cela, sembla-t-il, comme une sorte de petit triomphe, et, avec toutes les apparences de la satisfaction, il boutonna son ventre immense dans un gilet piqué blanc. Ma charmante Yvette s'envola dans une robe à carreaux blancs et noirs, et un tablier d'alpaga, un panier à provisions sous le bras.

Je m'habillai, mangeai un petit pain, bus un peu de café tiède, et me sentis très dégrisée. Je pensai combien il était vrai que le monde serait un endroit délicieux si ce n'était pour les gens, combien plus vrai encore que les gens ne valent pas la peine qu'on se fasse du souci pour eux, que les sages devraient fixer leur affection sur des villes, célestes ou autres, sur des paysages de campagne qui sont toujours célestes, et rien de plus petit.

Sur ces réflexions, à la fois élégantes et orthodoxes, je mis mon chapeau, gagnai mon chemin à tâtons le long de l'obscur corridor, et descendis en courant les cinq étages de l'escalier jusqu'à la rue Saint-Léger. Il y avait, de l'autre côté de la rue, un square à travers lequel on allait à l'Université et les avenues plus prétentieuses en face de la place du Théâtre. Quoique l'automne fût bien avancé, pas une feuille n'était tombée des arbres, les petits massifs et buissons avaient des taches de rose et de cramoisi, et contre le ciel les arbres se dressaient, revêtus d'or. Sur des bancs de pierre, des bonnes d'enfants en robes blanches et bonnets blancs empesés bavardaient et hochaient la tête comme une bande de perroquets. Au soleil, des bébés distingués faisaient rouler leurs cerceaux, d'un air délicat. Quel singulier plaisir c'est d'errer à travers une cité qui vous est étrangère et de s'amuser à jouer un jeu solitaire, comme un enfant !

— *Pardon, Madame, mais voulez-vous...*[1] Mais la voix s'étrangla et cria mon nom comme si j'avais été oubliée, sans numéro, depuis des temps immémoriaux, ou noyée dans des mers étrangères, ou brûlée dans un incendie d'hôtel américain et enterrée dans une centaine de tombes solitaires. « Par quel miracle es-tu là ? » J'avais devant moi Violette Burton, qui n'avait pas changé d'un jour, d'une épingle à cheveux. Je fus flattée, plus que de raison, de cet enthousiasme, serrai sa forte main froide, et dis : « Extraordinaire ! »

— Mais pourquoi es-tu *ici?*

— ... les nerfs.

— Oh! impossible, je ne peux vraiment pas croire ça.

— C'est parfaitement vrai, dis-je, mon enthousiasme s'évanouissant. Il n'y a rien de plus ennuyeux pour une femme que d'être soupçonnée d'avoir des nerfs d'acier.

— Eh bien, tu n'en as certainement pas l'air, ajouta-t-elle, me scrutant avec cette franchise britannique directe qui fait que vous vous sentez comme assis à la fenêtre, sous un projecteur, à l'heure du breakfast.

---

[1] En français dans le texte.

— Pourquoi es-tu ici, toi? demandai-je à mon tour, souriant avec bienveillance pour adoucir le projecteur. A ces mots, elle se tourna, regarda au-delà du gazon, et tripota son parapluie comme une actrice de province sur le point de faire une confession.

— Je (voix d'un calme affecté)... je suis venue ici pour oublier... Mais (la tête de nouveau vers moi, avec un sourire volontaire) ne parlons pas de cela. Pas encore. Je ne puis t'expliquer. Pas jusqu'à ce que j'ai refait entièrement ta connaissance. (Très solennellement.) Pas jusqu'à ce que je sois sûre qu'on peut avoir confiance en toi.

— Oh! ne me fais pas confiance, Violette ! m'écriai-je. Il ne faut pas se fier à moi. Je ne le ferais pas à ta place. Elle fronça les sourcils puis écarquilla les yeux.

— C'est terrible, ce que tu dis. Tu ne parles pas sérieusement.

— Mais si. Il n'y a rien dont j'aime plus parler que des secrets d'une autre. A ma surprise, elle vint à mes côtés et passa son bras sous le mien.

— Merci, dit-elle, reconnaissante. Je trouve que c'est très bon de ta part de me parler avec tant de franchise. Très. Et même si c'était vrai... mais non, c'est impossible, autrement tu ne me l'aurais pas dit. J'entends qu'il est impossible, psychologiquement, qu'une même nature soit à la fois franche et sans honneur, n'est-ce pas? Mais au fond... je ne sais pas.

— Peut-être, après tout. Ne crois-tu pas que les romanciers russes ont bouleversé toutes tes conclusions?

Nous descendîmes, bras dessus bras dessous, le sentier ensoleillé.

— Asseyons-nous, dit Violette. Il y a une fontaine tout près de ce banc. Je viens souvent ici. On peut l'entendre tout le temps. Le faible bruit de l'eau ressemblait à un air à moitié oublié, mi-malicieux, mi-moqueur.

— C'est merveilleux ! dit Violette en respirant. Comme des pleurs dans la nuit.

— Oh! Violette ! (J'étais effrayée du tour que prenait la conversation.) Les choses merveilleuses ne pleurent pas la nuit. Elles dorment comme des anges et ne savent plus rien jusqu'à ce qu'il fasse jour de nouveau.

Elle mit le bras sur le dossier du banc et croisa les jambes.

— Pourquoi persistes-tu à nier tes émotions ? Pourquoi en as-tu honte ? demanda-t-elle.

— Je n'en ai pas honte. Mais je les maintiens enfouis, et ne les sors que très rarement, comme des petits pots de confitures spéciales, quand les gens que j'aime viennent goûter.

— C'est bien toi ! Émotions et confitures ! Eh bien, moi, je suis complètement différente. Je vis de mes émotions. Quelquefois, j'aimerais mieux pas, puis de nouveau, je préfère en souffrir — en souffrir intensément, j'entends — descendre dans les profondeurs avec elles, pour vivre cette merveilleuse remontée au faîte du bonheur. Elle se serra plus près de moi.

— Je voudrais bien savoir de qui je tiens ce caractère, poursuivit-elle. Je ne ressemble absolument pas à Père et Mère. Je veux dire qu'ils sont complètement normaux, moyens. (Je secouai la tête et levai les sourcils.) Mais cela ne sert à rien de combattre. Je suis battue. Absolument. Une fois pour toutes. Une pause, insuffisamment emplie par l'eau malicieuse, moqueuse. Eh bien, dit Violette solennellement, tu sais ce que j'ai voulu dire quand je t'ai déclaré que je suis venue ici pour oublier.

— Mais je t'assure que non, Violette. Comment peux-tu me croire si subtile ? Je comprends très bien que tu ne veuilles pas me raconter tout jusqu'à ce que tu me connaisses mieux. Très bien !

Elle ouvrit les yeux et la bouche.

— Je *t'ai* dit ! C'est-à-dire : pas expressément. Pas en tant de mots. Mais au fond, comment pourrais-je ? Seulement, quand je t'ai parlé de ma nature émotive, quand je t'ai raconté que j'étais descendue dans les profondeurs et remontée au faîte... Sûrement, sûrement tu as vu que je te disais tout, symboliquement. Que peux-tu avoir pensé d'autre ?

Il n'est pas de jeune fille pour accomplir par elle-même de tels exploits gymniques ; cependant, en ce qui me concerne, j'avais toujours imaginé que les profondeurs suivaient le faîte. Je me risquai à le suggérer.

— C'est vrai, dit Violette, d'un ton désespéré. On les voit, si l'on regarde : elles suivent et précèdent.

— Comme les gens dans le *Skylark* de Shelley, dis-je. Violette prit un air vague, et je me repentis. Mais je ne savais pas comment sympathiser, et n'avais pas idée des proportions entre profondeurs et sommets.

— C'était en été, dit Violette. J'avais souffert d'une terrible dépression. Je ne sais pas ce que c'était. En tout cas, j'avais l'impression de ne pouvoir me décider à rien. Je me sentais affreusement inutile, n'ayant pas de place assignée dans l'ordre des choses, et, pire que tout, personne qui me comprît... Peut-être était-ce dû à mes lectures du moment... mais je ne pense pas... pas entièrement. Pourtant on ne sait jamais, n'est-ce pas ? Et puis, je fis la connaissance de... M. Farr, à un bal...

— Oh ! Appelle-le par son prénom, Violette. Tu ne peux pas continuer à me parler de M. Farr et toi... sur les sommets.

— Pourquoi pas vraiment ! Bien : je fis la connaissance d'Arthur. Je devais être folle ce soir-là, je pense. Et d'abord, il y avait déjà eu un ennui pour y aller. Mère ne voulait pas me le permettre, parce que, disait-elle, il n'y avait personne pour me reconduire à la maison. Et, moi, j'en avais terriblement envie. Je crois que je devais avoir un pressentiment. Crois-tu aux pressentiments?... Moi, je ne sais pas, nous ne pouvons en être sûrs, n'est-ce pas? Bref, j'y allai. Et *il* était là. Elle devint d'un profond écarlate et se mordit la lèvre Oh! je commençai à aimer Violette Burton, à l'aimer beaucoup en vérité.

— Continue, dis-je.

— Nous dansâmes ensemble sept fois, et conversâmes sans arrêt. La musique était très lente. Nous parlâmes de tout... de livres, de théâtre et de toutes ces sortes de choses d'abord, et puis de notre âme.

— ... Quoi?

— J'ai dit : de notre âme. Il me comprenait *absolument*. Et après la septième danse... Non, je dois te raconter la première chose qu'il m'ait jamais dite : « Croyez-vous en Pan? » Très tranquillement. Tout à fait comme ça. Et puis il ajouta : « Je savais que vous croyiez en lui. » Extra-or-di-naire, n'est-ce pas? Après la septième danse, nous nous assîmes sur le palier. Et... dois-je continuer?

— Oui, continue.

— Il dit : « Je pense que je suis fou. Je veux vous embrasser », et je le laissai faire.

— Continue, continue.

— Je ne peux vraiment pas te dire ce que je ressentis. Imagine : je n'avais jamais embrassé qui que ce soit en dehors de la famille avant. C'est-à-dire, bien entendu, aucun homme. Puis il dit : Je dois vous dire que je suis fiancé.

— Eh bien ?

— Rien d'autre. Naturellement je me précipitai en haut de l'escalier, renversai tout dans le vestiaire pour retrouver mon manteau, et rentrai à la maison. Et le lendemain matin, je décidai Mère à me laisser venir ici. Je pensai, dit Violette, je pensai mourir de honte.

— Est-ce tout ? m'écriai-je. Tu ne peux pas vouloir dire que c'est tout.

— Que pourrait-il y avoir d'autre ? Qu'attendais-tu, diable ? Tu es extraordinaire, à rouler des yeux comme ça en me regardant !

Et dans le long silence, j'entendis de nouveau la petite source mi-malicieuse, mi se moquant... de moi, pensai-je, non de Violette.

LA CASQUETTE NOIRE

(Une dame et son mari sont assis à leur petit déjeuner. Lui est très calme, il lit le journal et mange; mais elle est étrangement inquiète, habillée en costume de voyage, et fait semblant seulement de manger.)

Elle. — Oh! si tu veux tes chemises de flanelle, elles sont dans le dernier tiroir de droite de l'armoire à linge.

Lui. (Tout entier à une séance de la Société d'Exportation de viande.) — Non.

Elle. — Tu n'as pas entendu ce que j'ai dit, J'ai dit que si tu voulais tes chemises de flanelle, elles sont dans le dernier tiroir de droite de l'armoire à linge.

Lui (affirmatif). — Entièrement d'accord.

Elle. — Il est vraiment extraordinaire que le matin même de mon départ, tu ne puisses pas laisser ton journal cinq minutes.

Lui (doucement). — Ma chère bonne femme, je ne désire pas que tu partes. En fait, je t'ai demandé de ne pas t'en aller. Ma vie serait en jeu que je ne pourrais pas voir...

Elle. — Tu sais parfaitement bien que je ne m'en vais qu'absolument forcée. J'ai remis et remis ce départ, et le dentiste a dit la dernière fois...

Lui. — Bon ! Bon ! Ne remettons pas la question sur le tapis. Nous l'avons débattue à peu près à fond, n'est-ce pas ?

Domestique. — Le fiacre est là, Mâme.

(Elle pousse un terrible soupir).

Lui. — Tu n'as pas beaucoup de temps si tu veux attraper le train.

Elle. — Je sais. Je pars. (D'une voix altérée) : Chéri. Ne nous quittons pas ainsi. Cela me donne la sensation d'être misérable. Pourquoi sembles-tu toujours prendre un tel plaisir à gâter ma joie ?

Lui. — Je ne pense pas qu'aller chez le dentiste soit un tel plaisir.

Elle. — Oh ! tu sais que ce n'est pas ce que je veux dire. Tu dis ça seulement pour me faire mal. Tu sais que tu...

Lui (riant). — Et tu rates ton train. Tu seras de retour jeudi soir, je crois ?

Elle (d'une voix basse et désespérée). — Oui, jeudi soir. Eh bien, au revoir. (Elle vient à lui et lui prend la tête dans les mains.) Y a-t-il vraiment quelque chose qui n'aille pas? Regarde-moi au moins. Cela-t'est-donc-complètement-égal?

Lui. — Ma jeune fille chérie! C'est comme une sortie de cinéma.

Elle (laissant les mains tomber). — Très bien. Adieu. (Elle lance un tragique et rapide regard circulaire à la salle à manger et s'en va.)

(Sur le chemin de la gare).

Elle. — La vie est bien étrange! Je ne pensais pas du tout que je me sentirais ainsi. Toute la splendeur romantique semble avoir en quelque sorte disparu. Oh, je donnerais tout pour que le fiacre fasse demi-tour et rentre. Ce qu'il y a de plus curieux, c'est que s'il m'avait réellement fait croire qu'il m'aimait, je crois qu'il m'aurait été beaucoup plus facile de le quitter. Mais c'est absurde. Comme les foins sentent fort! Il va faire très chaud aujourd'hui. Je ne reverrai jamais ces champs. Jamais! Jamais! Mais d'un autre côté, je suis heureuse qu'il en soit ainsi; je suis si définitivement, si absolument dans la bonne voie! Il ne veut pas de femme du tout. Une femme ne signifie rien pour lui. Ce n'est pas le type d'homme à aimer profondément quelqu'un d'autre que lui-même. Je suis devenue la personne qui se souvient d'enlever les boutons de manchette de ses chemises avant qu'elles partent chez la blanchisseuse, c'est tout! Et ce n'est pas assez pour moi. Je suis jeune, je suis trop fière. Je ne suis pas le genre de femme à végéter à la campagne et à se pâmer sur « nos » propres laitues...

Ce que tu as essayé de faire, depuis que tu m'as épousée, c'est d'obtenir ma soumission, de me transformer en ton ombre, de te reposer sur moi si complètement que tu n'aurais qu'à me regarder pour lire l'heure exacte inscrite sur moi d'une manière ou d'une autre, comme si j'étais une pendule. Tu n'as jamais été curieux de moi, tu n'as jamais cherché à explorer mon âme. Non, tu voulais que je m'établisse au rythme de ton existence paisible. Oh ! Comme ton aveuglement m'a outragée, et quelle haine en ai-je conçue ! Je suis contente — reconnaissante — reconnaissante de t'avoir quitté ! Je ne suis pas une oie blanche; je ne suis pas prétentieuse, mais je connais mon pouvoir. Ce n'est pas pour rien que je me suis toujours languie de richesses, de passion, de liberté, et que j'ai senti que celles-ci étaient miennes de droit. (Elle s'appuie sur la banquette semée de boutons du fiacre et murmure) : « Vous êtes une Reine. Que mienne soit la joie de vous donner un royaume. » (Elle sourit à ses royales petites mains.) Je voudrais que mon cœur ne battît pas si fort. Cela me fait vraiment mal, me fatigue et m'excite tellement. C'est comme quelqu'un dans une hâte terrible cognant contre une porte... Le fiacre ne fait que ramper; nous ne serons jamais à la gare à cette allure. Dépêche-toi ! Dépêche-toi ! Mon amour, je viens aussi vite qu'il est humainement possible. Oui, je souffre exactement comme toi. C'est terrible, c'est insupportable, n'est-ce pas ? Cette dernière demi-heure l'un sans l'autre... Oh Dieu ! le cheval s'est remis au pas. Pourquoi ne bat-il pas cette grande forte brute de chose... Notre vie merveilleuse ! Nous allons voyager par le monde entier, ensemble. Le monde entier sera nôtre à cause de notre amour. Oh ! sois patient ! Je viens aussi vite que je puis... Ah, maintenant c'est une descente ; maintenant vraiment nous allons plus vite. (Un vieil homme essaye de traverser la route.) Retire-toi de mon chemin, toi, vieil imbécile! Il mérite d'être écrasé... Chéri entre tous les chéris, chéri ; je suis presque là. Aie seulement un peu de patience.

(A la gare)

Mettez cela dans un compartiment de 1re classe fumeurs... Il y a encore largement le temps après tout. Dix bonnes minutes avant que le train parte. Rien d'étonnant qu'il ne soit pas là. Il ne faut pas que j'aie l'air de le chercher. Mais je dois dire que je suis déçue. Je n'aurais jamais rêvé arriver la première. J'avais pensé qu'il aurait été là, qu'il aurait retenu des places, acheté des journaux et des fleurs... Comme c'est curieux ! J'ai vu positivement dans mon esprit des œillets roses... Il sait combien j'aime les œillets. Mais les roses ne sont pas ceux que j'aime le mieux. Je les préfère rouge sombre ou jaune pâle. Il va vraiment être en retard s'il ne vient pas maintenant. Le contrôleur a commencé à fermer les portes. Que peut-il bien être arrivé ? Quelque chose d'affreux ? Peut-être qu'au dernier moment, il s'est tiré une balle... Je ne pourrais supporter l'idée d'avoir perdu ta vie... Mais tu ne perdras pas la mienne. Ah ! Où es-tu ? Il va falloir que je monte en voiture... Qui est-ce ? Ce n'est pas lui ! Ce ne peut pas être lui : si, pourtant. Que diable a-t-il sur la tête ? Une casquette noire. Mais c'est horrible ! Il est métamorphosé. Pour quelle raison peut-il porter une casquette noire ? Je ne l'aurais pas reconnu. Comme il a l'air absurde, venant vers moi avec le sourire, sous cette casquette atterrante !

Lui. — Ma chérie, je ne me pardonnerai jamais. Mais la chose la plus stupide, tragi-comique est arrivée. (Ils montent en voiture.) J'ai perdu mon chapeau. Il a disparu tout simplement. J'ai fait chercher la moitié de l'hôtel. Pas trace. Aussi, finalement, en désespoir de cause, j'ai dû emprunter cette casquette à un homme qui était descendu là. (Le train part.) Vous n'êtes pas fâchée. (Il essaye de la prendre dans les bras.)

Elle. — Laissez-moi. Nous ne sommes même pas sortis de la gare.

Lui (ardemment). — Grands Dieux ! Quelle importance si le monde entier devait nous voir ? (Il essaye de la prendre dans les bras.) Ma merveille ! Ma joie !

Elle. — Je vous en prie, laissez-moi ! J'ai horreur d'être embrassée dans les trains.

Lui (profondément atteint). — Très bien, très bien. Vous *êtes* fâchée. C'est sérieux. Vous ne pouvez passer sur mon retard. Mais si vous saviez seulement l'agonie que j'ai soufferte.

Elle. — Comment pouvez-vous penser que je sois mesquine à ce point ? Je ne suis pas fâchée du tout.

Lui. — Alors pourquoi ne me laissez-vous pas vous embrasser ?

Elle (riant hystériquement). — Vous paraissez si différent... presque un étranger.

Lui (quitte précipitamment son siège et se regarde dans la glace, inquiet, mais d'un air fat, pense-t-elle). — Mais tout va bien, n'est-ce pas ?

Elle. — Oh ! très bien, parfaitement bien. Oh ! Oh ! Oh ! (Elle se met à rire et à pleurer de rage.)

(Ils arrivent)

Elle (pendant qu'il cherche un taxi). — Il faut que je me domine. C'est une obsession. Il est incroyable que quelque chose puisse changer un homme à tel point. Il faut que je lui dise. C'est sûrement très simple à faire. « Vous ne croyez pas que maintenant que nous sommes en ville, vous feriez mieux de vous acheter un chapeau ? » Mais ainsi il se rendra compte à quel point la casquette a été terrible. Et ce qui est extraordinaire, c'est qu'il ne s'en aperçoive pas lui-même.

Vraiment, s'il s'est regardé dans la glace, et ne juge pas cette casquette trop ridicule, combien nos points de vue doivent-ils différer. Combien profondément différents ! C'est-à-dire que si je l'avais vu dans la rue, j'aurais pensé qu'il m'était absolument impossible d'aimer un homme qui portât une casquette comme celle-là. Je n'aurais même pas pu faire sa connaissance. Il n'est pas du tout mon genre. (Elle regarde alentour.) Tout le monde sourit de cette casquette. Eh bien, ça ne m'étonne pas. La façon dont elle fait ressortir ses oreilles et lui donne une tête sans nuque du tout !

Lui. — Le taxi est là, ma chérie (Ils montent).

Lui (il essaye de lui prendre la main). — Le miracle de notre réunion dans cette voiture, si simplement, comme ça !

(Elle arrange sa voilette.)

Lui (il essaye de lui prendre la main, très ardent). — Je vais retenir une chambre, mon amour.

Elle. — Oh! non! Il faut en prendre deux, bien entendu.

Lui. — Mais vous ne croyez pas qu'il serait plus sage de ne pas susciter de soupçon ?

Elle. — Il faut que j'aie ma chambre personnelle. (Pour elle-même.) Tu pourras pendre ta casquette à ta propre porte (Elle se met à rire hystériquement.)

Lui. — Ah ! Dieu soit loué ! Ma reine se retrouve elle-même, heureuse !

(A l'hôtel).

Le gérant. — Oui, monsieur, je comprends tout à fait. Je pense que j'ai juste ce qu'il vous faut, monsieur. Ayez l'amabilité de me suivre. (Il les conduit dans un petit salon donnant sur une chambre à coucher.) Cela vous irait parfaitement, n'est-ce pas ? Et si vous le désiriez, nous pourrions vous faire un lit sur le sofa.

Lui. — Oh! admirable ! admirable !

(Le gérant s'en va.)

Elle (furieuse). — Mais je vous ai dit que je voulais une chambre séparée. Quel tour vous m'avez joué ! Je vous ai dit que je ne voulais pas partager une chambre. Comment osez-vous me traiter ainsi ? (Elle l'imite) : Admirable ! Admirable ! Je ne vous pardonnerai jamais ça.

Lui (atterré). — Oh, Dieu, qu'arrive-t-il ? Je ne comprends pas, je suis dans le noir. Pourquoi avez-vous soudain, en ce jour unique, cessé de m'aimer ? Qu'ai-je fait ? Dites-le moi.

Elle (s'effondre sur le sofa). — Je suis très fatiguée. Si vraiment vous m'aimez, laissez-moi seule, je vous en prie. Je... je ne désire qu'être seule un instant.

Lui (tendrement). — Très bien. Je vais essayer de comprendre. Je vais sortir une demi-heure, et alors, mon amour, vous vous sentirez peut-être plus calme. (Il regarde autour de lui, désemparé.)

Lui. — Mon cœur, vous êtes assise sur ma casquette.

(Elle pousse un véritable hurlement, et s'en va dans la chambre. Il part. Elle attend un moment et prend sa valise.)

(Dans le taxi.)

Elle. — Oui, à la gare de Waterloo. (Elle s'enfonce.) Ah, j'ai échappé, j'ai échappé! J'arriverai juste à temps pour attraper le train de l'après-midi pour la maison. Oh! c'est comme un rêve, je serai à la maison avant le dîner. Je lui dirai qu'il faisait trop chaud en ville, ou que le dentiste n'était pas là. Qu'est-ce que ça peut faire? J'ai droit à ma propre maison... Ce sera merveilleux, la promenade depuis la gare; les champs auront une odeur délicieuse. Il y a du poulet froid d'hier pour dîner, de la gelée d'orange... J'ai été folle, mais maintenant je suis de nouveau dans mon bon sens. Oh! mon mari!

CONTE DE FÉE DE BANLIEUE

M. et Mme B... étaient assis à leur breakfast dans la douillette salle à manger rouge de leur « gentille bicoque à une demi-heure à peine du centre ».

Il y avait un bon feu dans la grille, — la salle à manger faisait aussi living-room — les deux fenêtres donnant sur le parterre du jardin étaient fermées, et l'air sentait agréablement les œufs au bacon, le pain grillé et le café. Maintenant que cette espèce de rationnement était réellement terminé, M. B... se faisait un devoir d'absorber un très confortable en-cas avant d'affronter les très réels périls du jour. Il se moquait bien de qui pouvait le savoir : il était un vrai Anglais sur la question de son breakfast, il fallait qu'il le prît; il serait miné sans cela, et si vous lui disiez que les types du continent pouvaient tenir la demimatinée de travail avec un petit pain et une tasse de café c'est que, tout simplement, vous ne saviez pas de quoi vous parliez.

M. B... était un homme solide, encore jeune, qui n'avait pas pu — comble de malchance — abandonner son travail et rejoindre l'armée; il avait tenté pendant quatre années de trouver quelqu'un d'autre pour prendre sa place, mais sans succès. Il était assis au bout de la table à lire le *Daily Mail*. Mme B.,. était un petit corps grassouillet, encore jeune, plutôt comme un pigeon. Assise en face, elle se lissait les plumes derrière la cafetière et gardait un œil attentif sur le petit B..., qui était perché entre eux, enveloppé dans une serviette, et tapant le sommet d'un œuf à la coque.

Hélas ! Petit B. n'était pas du tout l'enfant que de tels parents étaient en droit d'espérer. Il n'était pas un « gros petit polisson », pas un « pâté en croûte », pas un « mignon cochon à l'engrais ». Il était d'une taille en dessous de la normale, avec des jambes comme du macaroni, des pattes minuscules, des cheveux doux, doux qui donnaient l'impression du pelage d'une souris, et de grands yeux larges ouverts. Pour quelque étrange raison, rien dans la vie ne semblait à la mesure de Petit B... tout était trop grand, trop violent. Tout le renversait, faisait tomber le vent de ses faibles voiles, et le laissait bouche bée, effrayé. M. et Mme B... étaient complètement impuissants à empêcher cela; ils ne pouvaient que le ramasser après que le mal était fait, et tenter de le remettre en chemin. Et Mme B. l'aimait comme seulement on aime les enfants chétifs, et quand M. B... pensait aussi quel petit chic type il était, pensait au « cran » du petit homme, il... eh bien, il... sacrebleu, il...

— Pourquoi n'y a-t-il pas deux sortes d'œufs? dit petit B... Pourquoi n'y a-t-il pas de petits œufs pour les enfants et de grands œufs comme celui-là pour les grands?

— Des lièvres d'Écosse, dit M. B... De beaux lièvres d'Écosse pour 5 shilling 3 pence. Qu'est-ce que tu dirais d'en prendre un, ma vieille?

— Cela ferait un changement agréable, n'est-ce pas? dit Mme B... En civet.

Et ils se regardèrent, et le lièvre d'Écosse plana entre eux, dans sa riche sauce, avec de la farce et un pot blanc de confiture de groseilles l'accompagnant.

— Nous aurions pu le manger pendant le week-end, dit Mme B... Mais le boucher m'a promis un joli petit faux-filet, et ce serait dommage... Oui, dommage, et cependant... Mon Dieu, comme c'était difficile de décider. Le lièvre aurait été un tel changement; d'un autre côté, y a-t-il vraiment quelque chose de meilleur qu'un joli petit faux-filet?

— Il y a aussi le potage qu'on fait avec le lièvre, dit M. B..., tambourinant des doigts sur la table. La meilleure soupe au monde!

— Oh ! Oh ! s'écria Petit B. si subitement et si brusquement, qu'ils en furent très surpris. Regardez toute cette bande de moineaux posés sur notre pelouse, — il agita sa cuiller. Regardez-les, regardez ! Et pendant qu'il parlait, bien que les fenêtres fussent fermées, ils entendirent très fort un gazouillis et un piaulement aigres venant du jardin. « Continue ton breakfast comme un bon petit garçon, n'est-ce pas, » dit sa mère. Et son père ajouta : « Occupe-toi de ton œuf, mon vieux, et fais attention à ce que tu fais ».

— Mais regardez-les, regardez-les tous qui sautillent, s'écria-t-il. Il ne restent pas tranquilles une minute. Crois-tu qu'ils ont faim, père ?

« Tchic-a-tchip-tchip-tchic ! » crièrent les moineaux.

— Mieux vaut remettre cela à la semaine prochaine peut-être, dit M. B., et faire confiance à la chance pour qu'on en trouve encore alors.

— Oui, peut-être serait-ce plus sage, dit Mme B...

M. B... cueillit une autre perle dans son journal.

— As-tu déjà acheté de ces dattes contrôlées ?

— Je me suis débrouillée pour en obtenir un kilo hier, dit Mme B...

— Eh bien, un pudding aux dattes est une bonne chose, dit M. B... Et ils se regardèrent, et entre eux plana un pudding rond. Bien cuit, recouvert d'une crème.

— Cela ferait un changement agréable, n'est-ce pas ? dit Mme B...

Dehors, sur l'herbe grise gelée, les curieux moineaux avides sautillaient et voletaient. Ils ne restaient jamais tranquilles un instant. Ils criaient, agitaient leurs ailes maladroites. Petit B..., son œuf fini, descendit de sa chaise, prit son pain et sa confiture, et s'en alla manger à la fenêtre.

— Donnons-leur des miettes, il le faut, dit-il. Ouvre, ouvre la fenêtre, père, et jette-leur quelque chose. Père, s'il te plaît !

— Oh ! pas de criaillement, enfant, dit Mme B... Et le père ajouta : « On ne peut pas ouvrir les fenêtres, mon vieux. Ils te mangeraient la tête. »

— Mais ils ont faim, s'écria Petit B..., et les petites voix des moineaux résonnaient comme de petits couteaux qu'on aiguise. Tchik-a-tchip-tchip-tchik ! criaient-ils.

Petit B... laissa tomber son pain et sa confiture dans le pot de fleurs chinois devant la fenêtre. Il se glissa derrière l'épais rideaux pour voir mieux, et M. et Mme B. continuèrent à lire ce qu'on pouvait obtenir sans tickets maintenant (plus de cartes d'alimentation après le mois de mai), un déluge de fromage, un déluge. En l'air, des fromages entiers tournèrent entre M. et Mme B..., comme des corps célestes.

Soudain, comme Petit B... regardait les moineaux sur l'herbe grise gelée, ils grandirent, ils changèrent, toujours battant des ailes et pépiant. Ils se transformèrent en tout petits garçons, en veste marron, dansant la gigue dehors, montant et descendant derrière la fenêtre, et criant d'une voix aiguë : « Quelque chose à manger, quelque chose à manger ! » Petit B... se tint à deux mains au rideau. « Père, murmura-t-il, père ! Ce ne sont pas des moineaux. Ce sont des petits garçons. Écoute, père ! » Mais M. et Mme B. ne voulaient pas entendre. Il essaya de nouveau. « Mère, murmura-t-il. Regarde les petits garçons. Ce ne sont pas des moineaux, mère ! » Mais personne ne fit attention à ses bêtises.

— Tout ce bruit sur la famine, s'écria M. B..., tout est de la frime, tout est de l'invention.

La figure blafarde, les bras ballants dans leurs grandes vestes, les petits garçons dansaient : « Quelque chose à manger, quelque chose à manger. »

— Père, bégaya Petit B... Écoute, père ! Mère, écoute, je t'en supplie !

— Vraiment ! dit Mme B... Le bruit que font ces oiseaux ! Je n'ai jamais entendu pareille chose.

— Va me chercher mes souliers, mon petit vieux, dit M. B...

« Tchic-a-tchic-tchip-tchic ! » dirent les moineaux. Où donc était passé cet enfant ? « Viens finir ton bon cacao, mon trésor », dit Mme B...

M. B... leva la lourde étoffe et dit à voix basse « Viens donc, vagabond », mais il n'y avait pas de petit poulet.

« Il est derrière le rideau, » dit Mme B...

« Il n'est jamais sorti de la pièce », dit M. B. Mme B. se dirigea vers la fenêtre, et M. B... la suivit. Et ils regardèrent dehors. Là, sur l'herbe grise gelée, la figure blanche, blanche, les bras minces battant comme des ailes, devant tous les autres, le plus petit, le plus minuscule, se trouvait Petit B... M. et Mme B... entendirent sa voix par-dessus toutes les voix : « Quelque chose à manger, quelque chose à manger ! »

Tant bien que mal, ils ouvrirent la fenêtre. « Vous aurez à manger ! Tous tant que vous êtes. Entrez *tout de suite*. Mon vieux ! Mon petit ! »

Mais il était trop tard. Les petits garçons se changèrent de nouveau en moineaux, et au loin s'en allèrent — hors de vue, hors d'appel.

CETTE FLEUR

« Mais je vous le dis, maître imbécile,
dans les ronces du danger, nous cueillons cette fleur :
la vie sauve. »

Alors qu'elle gisait là, le regard fixé au plafond, elle eut son moment, oui, elle eut son moment ! Et cela n'avait pas de lien avec tout ce qu'elle avait pensé ou senti jusqu'alors, pas même avec ces mots que le docteur avait à peine terminé de dire. C'était unique, lumineux, parfait; c'était comme... une perle, trop pure pour qu'une autre l'assortisse... Aurait-elle pu décrire ce qui était arrivé ? Impossible. N'eût-elle pas été consciente même (et elle ne l'avait certainement pas été tout le temps) de combattre contre le courant de la vie — le courant de la vie vraiment ! — c'était comme si elle eut soudain cessé de lutter. Oh! plus que cela ! Elle avait cédé, cédé complètement, jusqu'au plus intime battement, jusqu'à la plus intime réaction nerveuse. Elle était tombée dans le flot brillant et celui-ci l'avait portée... Elle faisait partie de sa chambre... partie de ce grand bouquet d'anémones du sud, des rideaux de tulle blanc, qui se tendaient à l'intérieur de la pièce, poussés par la brise légère, des miroirs, des soyeuses couvertures blanches; elle faisait partie de la clameur venue en jaillissant de l'extérieur, clameur élevée, tremblotante, frémissante, coupée de petites cloches et de voix qui criaient... partie des feuilles et de la lumière.

C'était passé. Elle s'assit. Le docteur avait reparu. Tout en pressant et pétrissant ses mains fraîchement lavées, cet étrange petite silhouette, son stéthoscope encore attaché au cou — car elle lui avait demandé d'examiner son cœur — lui avait dit...

C'était la première fois qu'elle l'eût jamais vu. Roy, incapable, naturellement, de manquer la moindre occasion de drame, avait obtenu l'adresse — une adresse plutôt cachée — par l'homme à qui il confiait toujours tout, et qui, bien qu'il ne l'eût jamais rencontrée, elle, connaissait « toutes leurs affaires ».

— Ma chérie, avait dit Roy, nous ferions mieux de faire venir un homme totalement inconnu, dans le cas où ce serait... eh bien, ce qu'aucun de nous deux ne veut que ce soit. On ne peut être trop prudent dans des affaires de cette sorte. Les docteurs bavardent, c'est sûr. C'est sacrément idiot de dire le contraire. Non que je ne le proclamerais à la face du ciel — si tu me demandais de le faire — ou ne prendrais la première page du *Daily Mirror* et y mettrais nos deux noms, dans un cœur, tu sais, percé d'une flèche.

Néanmoins, bien entendu, son amour du mystère et de l'intrigue, sa passion pour « garder notre secret merveilleusement » (sa phrase !) l'avaient emporté, et il était parti en taxi pour chercher le petit homme à l'air plutôt bouffi d'alcool.

Elle entendit sa propre voix qui disait : « Vous ennuierait-il de ne pas parler de tout cela à Mr King ? Vous lui raconteriez que je suis un peu déprimée et que mon cœur a besoin de repos. Je me suis en effet plainte de mon cœur.

Roy avait vraiment eu *excessivement* raison sur le genre d'homme qu'était le docteur. Celui-ci lui jeta un étrange coup d'œil, rapide, complice, enleva son stéthoscope de ses doigts tremblants, et le rangea dans sa serviette qui ressemblait un peu à un vieux soulier de toile.

— Ne vous tracassez pas, chère enfant, dit-il. Je m'en charge.

Odieux petit crapaud à qui demander une faveur ! Elle sauta sur ses pieds, ramassa sa veste d'étoffe pourpre et alla au miroir. On entendit un léger coup à la porte, et Roy — l'air vraiment pâle, son demi-sourire aux lèvres — entra et demanda au docteur son avis.

— Eh bien, dit le docteur tout en prenant son chapeau qu'il tint contre sa poitrine et sur lequel il battit une retraite, tout ce que j'ai à dire est que Mrs — heu ! — Madame a besoin d'un peu de repos. Elle est un peu déprimée. Son cœur est un peu surmené. Rien d'autre qui n'aille pas.

Dans la rue, un orgue de Barbarie joua quelque chose de gai, d'exubérant, où la moquerie, l'ironie s'exprimaient en petits trilles, en petits trémolos de notes confusément amalgamées.

« C'est tout ce que j'ai à dire, à dire.
C'est tout ce que j'ai à dire »,

chantait la moquerie. Cela résonnait si près qu'elle n'eût pas été surprise si le docteur avait tourné la manivelle.

Elle vit le sourire de Roy s'élargir; ses yeux s'enflammèrent. Il poussa un petit « Ah ! » de soulagement et de bonheur. Et pendant un court instant, il se permit de la fixer sans faire le moins du monde attention si le docteur le voyait ou non, la buvant des yeux à la manière qu'elle connaissait tant, tandis qu'elle nouait les pâles rubans de sa camisole, et qu'elle mettait la petite jaquette d'étoffe pourpre. Il se tourna vivement vers le docteur. « Elle va partir. Elle va partir pour la mer tout de suite », dit-il, et il ajouta, d'un ton terriblement inquiet : « Que doit-on faire pour sa nourriture? » Elle ne put — alors qu'elle boutonnait sa jaquette en se regardant dans le grand miroir — s'empêcher d'en rire.

— Tout cela est très gentil, protesta-t-il et, à son tour, il rit avec délice d'elle et du docteur. Mais si je ne m'occupais pas de sa nourriture, docteur, elle ne mangerait jamais rien que des sandwiches au caviar et... et du raisin blanc. A propos du vin : devrait-elle prendre du vin?

Le vin ne lui ferait pas de mal.

— Champagne? plaida Roy. Comme il était heureux!

— Oh, autant de champagne qu'il lui plaira, dit le docteur, et une fine à l'eau pendant le déjeuner s'il lui en prend fantaisie.

Roy trouva cela excellent; il s'amusait au plus haut point.

— Entends-tu cela? demanda-t-il solennellement, clignant de l'œil et avalant ses joues pour s'empêcher de rire. « Une fine à l'eau, tu imagines? »

Et, au lointain, l'orgue de Barbarie, faible et à bout de forces, chanta :

« Une fine à l'eau
Une fine à l'eau, je vous prie!
Une fine à l'eau, je vous prie! »

Le docteur eut l'air de l'entendre, lui aussi. Il lui serra la main, à elle, et Roy l'accompagna dans le couloir pour lui régler ses honoraires.

Elle entendit la porte d'entrée se fermer et puis des pas rapides, rapides le long du corridor. Cette fois il fit littéralement irruption dans la chambre, et elle se trouva dans ses bras, serrée, petite, tandis qu'il la couvrait de baisers chauds et vifs, et murmurait entre eux deux « Ma chérie, ma beauté, mon délice. Tu es à moi, tu es sauve. » Et trois gémissements doux suivirent : « Oh! Oh! Oh! quel soulagement! » Il la gardait toujours dans ses bras, et appuya la tête sur son épaule comme s'il était épuisé. « Si tu savais combien j'ai eu peur, dit-il à voix basse. Je pensais que nous y étions pour de bon cette fois-ci. Je le pensais vraiment. Et c'eût été tellement... fatal, tellement fatal! »

LA PIÈCE DE SIX PENCE

Les enfants sont de petites créatures auxquelles on ne peut pas se fier. Pourquoi un petit garçon tel que Dicky, d'ordinaire bon comme le pain, sensible, affectionné, obéissant, et merveilleusement intelligent pour son âge, doit-il avoir des accès d'humeur au cours desquels, sans le moindre avertissement, il devient tout à coup « chien fou » comme disaient ses sœurs, et on ne peut plus rien faire de lui.

— Dicky, viens ici ! Venez ici, Monsieur, tout de suite ! Entends-tu ? C'est ta mère qui t'appelle, Dicky !

Mais Dicky ne voulait pas venir ! Oh ! ce n'est pas qu'il n'entendît pas parfaitement. Un petit rire clair et sonore fut sa seule réplique. Et il s'enfuit, se cachant courant à travers l'herbe non coupée du pré, filant plus loin que la tonnelle, se précipitant vers le potager et, une fois là, zigzagant, observant sa mère de derrière les troncs moussus des pommiers, bondissant comme un Indien sauvage.

Cela avait commencé à l'heure du thé. Tandis que la mère de Dicky et Mme Spears, qui passait l'après-midi avec elle, étaient tranquillement assises à leur ouvrage dans le salon, voici, d'après la bonne, ce qui était arrivé au goûter des enfants. Ils mangeaient leur première tartine de pain et de beurre, sages et tranquilles comme des anges, et la bonne venait de verser le lait et l'eau, quand, tout à coup, Dicky avait saisi l'assiette à pain, l'avait mise à l'envers sur sa tête, et, ayant attrapé le couteau, s'était écrié :

— Regardez-moi !

Ses sœurs ébahies regardèrent, et avant que la servante ait pu intervenir, l'assiette oscilla, glissa, tomba sur le parquet et vola en éclats. En ce terrible instant, les petites filles élevèrent la voix, et crièrent le plus fort qu'elles purent :

— Maman, venez voir ce qu'il a fait !

— Dicky a cassé une grosse, grosse assiette !

— Venez l'arrêter, Maman !

Vous imaginez avec quelle rapidité Maman accourut. Mais trop tard. Dicky avait sauté de sa chaise, était sorti en courant par la baie vitrée sur la véranda, et — eh bien, voilà, elle était là, à jouer avec son dé à coudre entre ses doigts, impuissante. Que pouvait-elle faire ? Elle ne pouvait pas pourchasser l'enfant. Elle ne pouvait essayer de l'approcher lentement à travers pommes et prunes. Ce serait par trop manquer de dignité. C'était plus qu'ennuyeux : exaspérant. D'autant plus que Mme Spears — entre toutes Mme Spears, dont les deux garçons étaient si exemplaires, — l'attendait dans le salon.

— Très bien, Dicky, s'écria-t-elle, je vais réfléchir à la manière dont tu seras puni.

— Ça m'est égal, émit la petite voix pointue, et de nouveau on entendit le même rire résonner. L'enfant n'était vraiment pas dans son état normal.

— Oh ! Mme Spears, je ne sais comment m'excuser de vous avoir laissée seule ainsi.

— Aucune importance, Mme Bendall, dit Mme Spears de sa voix molle et sucrée, tout en levant les sourcils comme à son habitude. Elle semblait se sourire à elle-même et aplanissait les plis de son ouvrage avec la paume de la main. Ces petites choses doivent arriver de temps en temps. J'espère bien que ce n'était rien de sérieux.

— C'était Dicky, dit Mme Bendall, cherchant d'un air assez désemparé sa seule aiguille fine. Et elle expliqua toute l'affaire à Mme Spears. « Et le pire, c'est que je ne sais pas comment l'en guérir. Rien, quand il est dans cet état, ne paraît avoir le moindre effet sur lui. »

Mme Spears ouvrit ses yeux pâles. « Pas même une fouettée ? », dit-elle.

Mais Mme Bendall, enfilant son aiguille, plissa les lèvres. « Nous n'avons jamais fouetté les enfants. Les filles semblent n'en avoir jamais eu besoin. Et Dicky est si petit, et le seul garçon. En tout cas... »

— Oh! ma chère, dit Mme Spears, et elle posa son ouvrage, je ne m'étonne pas si Dicky a ces petits éclats. Vous ne m'en voulez pas de vous le dire? Mais je suis sûre que vous faites grandement erreur en essayant d'élever les enfants sans les fouetter. Rien, vraiment, ne remplace cela. Et je parle d'expérience, ma chère. J'ai essayé des mesures plus douces. Mme Spears prit une aspiration avec un petit son sifflant. Mettre du savon de Marseille sur la langue des garçons par exemple, ou les faire tenir debout sur la table tout un samedi après-midi. Mais non, croyez-moi, il n'y a rien, rien comme les remettre à leur père.

Mme Bendall, dans le tréfonds de son cœur, était terriblement choquée par ce savon de Marseille. Mais Mme Spears avait l'air de trouver cela si naturel, qu'elle fit de même.

— Leur père ? dit-elle. Alors, vous ne les fouettez pas vous-même?

— Jamais. Mme Spears parut tout à fait révoltée à cette idée. Je ne pense pas que cela soit le rôle de la mère de fouetter les enfants. C'est le devoir du père. Et d'ailleurs, il leur fait tellement plus d'impression.

— Oui, j'imagine, dit Mme Bendall faiblement.

— Mes deux enfants, reprit Mme Spears avec un sourire aimable, encourageant, à l'adresse de Mme Bendall, se conduiraient exactement comme Dicky s'ils n'avaient peur de le faire. Pour l'instant...

— Oh ! vos garçons sont de parfaits petits modèles, s'écria Mme Bendall.

C'était vrai. Plus tranquille, plus sage en présence des grandes personnes ne se pouvait trouver. En fait, les visiteurs, chez Mme Spears, faisaient souvent la remarque qu'il était impossible de savoir s'il y avait un enfant dans la maison. Il n'y en avait pas, très souvent.

Dans le vestibule, au-dessous d'un grand tableau représentant des moines gras et pleins de jovialité pêchant à la ligne au bord d'une rivière, il y avait une grosse cravache noire ayant appartenu au père de M. Spears. Et, pour une raison ou une autre, les garçons préféraient jouer hors de vue de cet engin, derrière le chenil, ou à l'atelier, ou dans les environs de la poubelle.

— C'est une telle faute, soupira Mme Spears, respirant doucement et pliant son ouvrage, d'être faible avec les enfants quand ils sont petits ! C'est une telle faute, et si facile à faire. C'est si déloyal à l'égard de l'enfant. Voilà ce qu'il faut se rappeler. La petite escapade de Dicky cet après-midi, par exemple, me semble avoir été faite intentionnellement par lui. C'était sa manière de vous faire comprendre qu'il avait besoin d'une fouettée.

— Vous croyez vraiment ? Mme Bendall était une petite chose faible, et tout cela lui faisait si grande impression.

— Je le crois. J'en suis sûre. Et un sévère rappel à l'ordre de temps à autre, s'écria Mme Spears d'un ton quasi-doctoral, administré par le père, vous épargnera bien du tracas à l'avenir. Croyez-moi, ma chère. Elle posa sa main sèche et froide sur celles de Mme Bendall.

— Je vais parler à Édouard dès qu'il rentrera, dit la maman de Dicky fermement.

Les enfants étaient couchés quand la barrière du jardin claqua, et que le père de Dicky monta d'un pas fatigué les marches de ciment escarpées, tout en portant sa bicyclette. La journée au bureau avait été mauvaise. Il avait chaud, était couvert de poussière, se sentait exténué.

Mais à ce même moment, Mme Bendall était tout à fait excitée à l'idée de sa nouvelle méthode, et lui ouvrit elle-même la porte.

— Oh ! Édouard ! Je suis si contente que tu sois rentré, s'écria-t-elle.

— Pourquoi ? Qu'est-il arrivé ? Édouard descendit sa bicyclette et enleva son chapeau. Une ride rouge et méchante apparut où le bord avait serré. Qu'est-ce qu'il y a ?

— Viens, viens au salon, dit Mme Bendall, parlant très vite. Je ne peux vraiment pas te dire combien

Dicky a été vilain. Tu n'as pas idée — tu ne peux pas avoir idée, au bureau toute la journée — de la manière dont un enfant de cet âge peut se conduire. Il a été tout simplement odieux. Je n'ai pas de prise sur lui, aucune. J'ai tout essayé, Édouard. Mais tout est inutile. La seule chose, à faire, conclut-elle sans reprendre haleine, c'est de le fouetter, c'est que, toi, tu le fouettes, Édouard.

Dans le coin de la pièce, il y avait un classeur, au-dessus duquel se tenait un ours brun en porcelaine de Chine, avec une langue peinte. Dans l'ombre, l'animal semblait sourire au père de Dicky, et lui dire : « Bravo ! voilà pourquoi tu es rentré ! »

— Mais pourquoi, mon Dieu, commencerais-je à le fcuetter? dit Édouard en fixant l'ours. Nous ne l'avons jamais fait avant.

— Parce que, dit sa femme, vois-tu, c'est la seule chose à faire. Je n'ai pas de pouvoir sur cet enfant. Les mots s'envolaient de ses lèvres, tournaient autour de lui, battaient sa tête fatiguée. Nous ne pouvons pas nous payer une nurse. La bonne a plus qu'assez à faire. Et la méchanceté de cet enfant dépasse les mots. Tu ne comprends pas, Édouard. Tu ne peux pas. Tu es au bureau toute la journée !

L'ours tirait la langue. La voix en colère continuait. Édouard s'affala sur une chaise.

— Avec quoi dois-je le battre, demanda-t-il faiblement.

— Ta pantoufle, bien entendu. Et elle s'agenouilla pour délacer ses souliers poussiéreux.

— Oh ! Édouard, se plaignit-elle. Tu as encore tes pinces dans le salon. Non, vraiment !...

— Bon, assez ! Édouard la repoussa presque. Donne-moi cette pantoufle. Il monta l'escalier. Il se sentait comme un homme pris dans un obscur filet. Et maintenant, il voulait battre Dicky.

Oui, sacré nom, il voulait battre quelque chose. Quelle vie, mon Dieu ! Ses yeux étaient encore irrités par la poussière ; il se sentait les bras lourds.

Il poussa la porte de la chambre étroite de Dicky, qui se tenait debout, dans sa chemise de nuit, au milieu du parquet. A sa vue, le cœur d'Édouard sauta, dans un violent accès de rage.

— Eh bien, Dicky. Tu sais pourquoi je suis venu.

Dicky ne répliqua pas.

— Je suis venu pour te donner une fouettée.

Pas de réponse.

— Relève ta chemise de nuit.

A cette remarque, Dicky leva les yeux. Ses joues se colorèrent d'un rose profond.

— Le faut-il ? murmura-t-il.

— Allez, Allez ! Dépêche-toi, dit Édouard et, se saisissant de la pantoufle, il donna à Dicky trois tapes magistrales.

— Voilà qui t'apprendra à te conduire proprement envers ta mère.

Dicky restait là, tête droite.

— Tâche de faire attention, et au lit, dit son père.

L'enfant ne bougeait pas, cependant. Mais sa voix, par secousses, dit :

— Je ne me suis pas encore lavé les dents, papa.

— Quoi, qu'est-ce qu'il y a ?

Dicky leva les yeux encore. Ses lèvres tremblaient, mais ses yeux étaient secs. Il n'avait pas émis un son, ni versé une larme. Il avala seulement sa salive et dit, d'une voix basse :

— Je ne me suis pas lavé les dents, papa.

Mais, à la vue de ce petit visage, Édouard fit demi-tour, et sans savoir ce qu'il faisait, il s'élança comme un éclair hors de la chambre, fonça dans l'escalier, et de là dans le jardin. Bonté divine ! qu'avait-il fait ? Il marchait à grands pas, et se cacha à l'ombre du poirier, près de la haie. Fouetté Dicky, fouetté son petit garçon avec une pantoufle — et pourquoi diable ? Il ne le savait même pas. Il avait pénétré tout à coup dans sa chambre — et là était le petit dans sa chemise de nuit. Le père de Dicky gémit et se retint à la haie. Il n'avait pas pleuré. Pas une larme. Si seulement, il avait pleuré ou s'était mis en colère ! Mais ce « papa ! » Et de nouveau il entendit le murmure tremblé. Pardonner comme cela sans un mot. Mais lui, jamais il ne se pardonnerait à lui-même, jamais ! Lâche ! Imbécile ! Brute ! Et tout à coup, il se rappela la fois où Dicky était tombé de ses genoux et s'était foulé le poignet alors qu'ils jouaient tous les deux. Alors non plus, il n'avait pas pleuré. Et c'était là le petit héros qu'il venait de fouetter.

Il faut faire quelque chose, songea Édouard. Il retourna... vers la maison, monta l'escalier jusqu'à la chambre de Dicky. Le petit garçon était étendu dans son lit. Dans la demi-lumière, sa tête sombre, avec sa frange coupée carrée, ressortait sur l'oreiller clair. Il était couché bien tranquille, et même maintenant, il ne pleurait pas. Édouard ferma la porte et s'y appuya. Ce qu'il avait envie de faire, c'était de s'agenouiller près du lit de Dicky, de pleurer lui-même et de demander son pardon. Mais, naturellement, on ne peut pas faire cette sorte de chose. Il était gêné, et son cœur était torturé.

— Pas endormi, Dicky? demanda-t-il doucement.

— Non, papa.

Édouard s'approcha et s'assit sur le lit du garçon, et Dicky le regarda à travers ses longs cils.

— Il n'y a rien qui cloche, n'est-ce pas, mon vieux? dit Édouard, dans un demi-murmure.

— Non-on, papa, fut la réponse de Dicky.

Édouard avança la main, et, avec précaution, prit la petite patte chaude de Dicky.

— Tu... tu ne dois plus penser à ce qui vient d'arriver, mon petit, dit-il d'une voix basse. N'est-ce pas? C'est tout à fait passé. C'est oublié. Cela n'arrivera plus jamais. Tu comprends?

— Oui, papa.

— Donc, la chose à faire maintenant est de te consoler, mon petit, dit Édouard, et de sourire.

Et il essaya lui-même un extraordinaire et tremblant simulacre de sourire. « D'oublier tout cela... de... hein ! mon petit, mon vieux ! »

Dicky était étendu comme avant. C'était terrible. Le père de Dicky se leva et alla à la fenêtre. Il faisait presque nuit dans le jardin. La bonne était dehors, et elle attrapait et tirait à elle du linge posé sur les buissons, l'empilait sur son bras. Mais dans le ciel sans limite, l'étoile du soir brillait, et un grand eucalyptus, se détachant noir sur l'éclat pâle de l'horizon, remuait doucement ses longues feuilles. Il vit cela, tout en tâtant son argent dans sa poche. Après l'avoir sorti, il choisit une pièce neuve de six pence et revint à Dicky.

— Tiens, mon petit. Achète-toi quelque chose, dit Édouard doucement, posant la pièce sur l'oreiller de Dicky.

Mais, même cela, même toute une pièce de six pence pouvait-elle effacer ce qui avait été ?

PRISE DE VOILE

Il paraissait impossible que quelqu'un puisse être malheureux par une si belle matinée. Personne ne l'était sauf elle, décida Edna. Les fenêtres des maisons étaient grandes ouvertes. De l'intérieur, on entendait le son des pianos, des petites mains se chassaient les unes les autres, puis se fuyaient, faisant des gammes. Les arbres remuaient doucement dans les jardins ensoleillés, tous éclairés de fleurs de printemps. Les enfants des rues sifflaient, un petit chien aboyait; des gens passaient, la démarche si légère, si rapide qu'ils paraissaient vouloir se mettre à courir. Et elle vit de ses yeux, au loin, un parasol couleur pêche, le premier parasol de l'année.

Même Edna peut-être n'avait pas l'air aussi malheureux qu'elle pensait l'être. Il n'est pas aisé de paraître tragique à dix-huit ans, quand on est très jolie, avec les joues, les lèvres et les yeux brillants de la parfaite santé. Et surtout quand on porte une robe française bleue, et un chapeau neuf de printemps orné de fleurs des champs. Il est vrai qu'Edna avait sous le bras un livre relié en cuir noir horrible. Celui-ci apportait peut-être une note sombre, mais seulement par accident : c'était la reliure ordinaire de la Bibliothèque. Car Edna avait pris prétexte d'aller à la Bibliothèque pour pouvoir sortir de la maison et penser, réfléchir à ce qui était arrivé, décider d'une manière ou d'une autre ce qu'il fallait faire maintenant.

Une chose terrible s'était passée. Tout à fait soudainement, au théâtre, le soir précédent, alors qu'elle et Jimmy étaient assis côte à côte dans la loge, sans le moindre avertissement — en fait, elle venait de finir une amande au chocolat et de rendre la boîte à Jimmy — elle était tombée amoureuse d'un acteur. Mais... tombée amoureuse...

La sensation ne ressemblait à aucune de celles qu'elle avait imaginées jusqu'alors. Ce n'était pas le moins du monde agréable, à peine émouvant. A moins que vous ne puissiez appeler émouvant, le plus affreux sentiment de misère morale, de désespérance, d'agonie et d'infortune. Et tout cela combiné avec la certitude que si cet acteur la rencontrait ensuite sur le trottoir, pendant que Jimmy cherchait un taxi, elle l'aurait suivi aux confins de la terre, sur un signe, un geste, sans plus penser à Jimmy, à son père, sa mère ou à son foyer heureux et à ses innombrables amis...

La pièce avait commencé plutôt gaiement, jusqu'au stade des amandes au chocolat. Alors le héros était devenu aveugle. Instant terrible ! Edna avait tellement pleuré qu'elle avait dû emprunter le mouchoir plié, doux au toucher, de Jimmy, après avoir usé du sien propre. Non que pleurer eût de l'importance : des rangs entiers étaient en larmes. Les hommes mêmes se mouchaient avec un fort bruit de trompette et essayaient de plonger les yeux sur le programme au lieu de regarder la scène. Jimmy, les yeux très charitablement secs — car qu'aurait-elle fait sans son mouchoir ? — pressa la main libre d'Edna, et murmura « Remets-toi, ma petite fille chérie ! » C'était à ce moment qu'elle avait pris une dernière amande au chocolat pour lui faire plaisir, et lui avait repassé la boîte. Puis, il y avait eu cette scène horrifiante avec le héros seul sur la scène, dans une pièce déserte, au crépuscule, avec un orchestre jouant à l'extérieur et le bruit d'acclamations montant de la rue. Il avait tenté — ah ! combien douloureusement, combien pitoyablement ! — de trouver à tâtons le chemin de la fenêtre, et y avait enfin réussi. Là il était resté, tenant le rideau, levant son visage sans vue vers un rayon de lumière, un seul rayon, qui le frappait en plein, et la musique s'était évanouie au lointain...

Ce fut réellement — ce fut absolument — oh ! tout à fait — ce fut simplement, en fait, à partir de ce moment qu'Edna sut que jamais plus la vie ne serait pareille. Elle retira sa main de celle de Jimmy, s'enfonça dans son fauteuil, et ferma pour toujours la boîte de chocolat. Cela enfin, c'était l'amour !

Edna et Jimmy étaient fiancés. Elle était coiffée comme une femme depuis un an et demi. Ils avaient officiellement échangé leur parole un an auparavant. Mais ils savaient déjà qu'ils allaient se marier lorsqu'ils se promenaient au Jardin botanique avec leurs nurses, et s'asseyaient sur l'herbe avec un biscuit à la cuiller et un morceau de sucre candi chacun pour goûter. C'était une cause entendue, à tel point qu'Edna avait porté pendant toutes ses études une merveilleuse imitation de bague de fiançailles, trouvée dans une pochette-surprise. Et, jusqu'à ce jour, ils avaient été voués l'un à l'autre.

Mais aujourd'hui, c'était fini. Si complètement terminé qu'Edna trouvait difficile de croire que Jimmy ne s'en rendît pas compte également. Elle eut — alors qu'elle tournait pour entrer dans les jardins du couvent du Sacré-Cœur et montait le sentier qui, à travers ceux-ci, conduisait à Hill Street — elle eut un sourire sage, triste. Combien il valait mieux le savoir alors qu'attendre qu'ils eussent été déjà mariés ! Maintenant il était possible que Jimmy pût s'en remettre. Non, il ne servait de rien qu'elle cherchât à se tromper elle-même; il ne s'en remettrait jamais. La vie de Jimmy était brisée, ruinée; c'était inévitable. Mais il était jeune... Le Temps disait-on toujours, le temps pourrait un peu arranger les choses, un tout petit peu. Dans quarante ans, quand il serait un vieillard, il pourrait être capable de penser à elle calmement — peut-être. Mais elle-même : que lui réservait l'avenir?

Edna avait atteint le haut du sentier. Là, sous un arbre aux feuilles juste écloses, et où s'accrochaient de petits bouquets de fleurs blanches, elle s'assit sur un banc et regarda les parterres du couvent. Dans celui dont elle était le plus rapprochée poussaient de délicates giroflées avec une bordure de pensées bleues qui évoquaient des coquillages, et à un angle, un massif de freesias crème, leurs épis vert clair entre-croisés au-dessus des fleurs. Les pigeons du couvent haut dans l'air, tournaient et se retournaient, et elle pouvait entendre la voix de Sœur Agnès qui donnait une leçon de chant. Ah!... Ah! la voix de la religieuse résonnait en tonalité profonde et Ah!... Ah! répondait l'écho.

Si elle n'épousait pas Jimmy, bien entendu elle n'épouserait personne. L'homme qu'elle aimait, le fameux acteur, — Edna avait beaucoup trop de sens commun pour ne pas se rendre compte que cela ne pourrait jamais être. Elle ne désirait même pas que cela fût. Son amour était trop intense. Il fallait l'endurer, en silence : Tourment inévitable ! Elle ressentait, supposa-t-elle, ce genre d'amour là.

— Mais Edna, s'écriait Jimmy. Tu ne pourras jamais changer ? Tout espoir m'est-il interdit ?

Oh! quel chagrin d'avoir à le dire, mais il le faut. « Non, Jimmy, je ne changerai jamais. »

Edna baissa la tête, une petite fleur tomba sur ses genoux et la voix de Sœur Agnès cria soudain! Oh!... oh! et l'écho répondit ! Oh!... oh!...

A ce moment, l'avenir lui fut révélé. Edna le vit tout entier, et en fut étonnée. Elle en eut d'abord la respiration coupée. Mais après tout, que pouvait-il y avoir de plus naturel ? Elle irait au couvent... Son père et sa mère font tout ce qu'ils peuvent pour l'en dissuader. Mais en vain. Quant à Jimmy, mieux vaut ne pas penser à l'état d'esprit dans lequel il se trouve, c'est à peine supportable. Pourquoi ne comprennent-ils pas ? Comment peuvent-ils ajouter ainsi à ses souffrances ? Le monde est cruel, terriblement cruel ! Après une dernière scène au cours de laquelle elle donne ses bijoux, etc., à ses meilleures amies — elle-même très calme, les autres le cœur brisé — elle entre au couvent. Non, un moment. Le soir de son entrée est en même temps l'ultime soirée de l'acteur à Port Willin. Il reçoit des mains d'un étrange messager une boîte pleine de fleurs blanches. Mais il n'y a pas de nom, pas de carte. Rien ? Si, sous les roses, enveloppée d'un mouchoir blanc, la dernière photographie d'Edna, avec cette suscription :

« Oubliant le monde, le monde m'oublie... »

Edna restait assise complètement immobile sous les arbres; elle serrait le livre noir dans ses mains comme si c'était son missel... Elle prend le nom de Sœur Angèle. Clic ! Clac ! on lui coupe tous ses charmants cheveux. Lui permettra-t-on d'envoyer une boucle à Jimmy ? On y réussit de quelque manière. Et dans une robe bleue avec un bandeau blanc autour de la tête, Sœur Angèle va du couvent à la chapelle, de la chapelle au couvent avec quelque chose de supraterrestre dans son aspect, dans ses yeux douloureux, dans le doux sourire avec lequel elle accueille les petits enfants qui accourent à elle. Une sainte ! Elle entend murmurer ces mots en passant les corridors froids qui sentent la cire. Une sainte ! Et les visiteurs de la chapelle entendent parler de la religieuse dont on perçoit la voix par-dessus les autres voix, de sa jeunesse, sa beauté, de son amour tragique, tragique. « Il y a un homme dans cette ville dont la vie est ruinée... »

Une grosse abeille, au duvet doré, se glissa dans une freesia, et la fleur délicate se pencha, balança, fut secouée; et quand l'abeille s'envola, elle continua de s'agiter comme si elle riait. Heureuse, insouciante fleur !

Sœur Angèle la regarda et dit : « Maintenant, c'est l'hiver. » Une nuit, gisant dans sa cellule glacée, elle entend un cri. Quelque animal égaré est dehors dans le jardin, un petit chat ou un agneau, ou... bref, n'importe quel petit animal qui pourrait se trouver là. La religieuse sans sommeil se lève. Toute en blanc, tremblante de froid, mais sans peur, elle sort et le ramène. Mais le matin suivant, quand la cloche sonne les matines, on la trouve se débattant dans un terrible accès de fièvre... dans le délire... et elle ne guérit pas. En trois jours tout est fini. La messe a été dite dans la chapelle, et elle est enterrée dans le coin du cimetière réservé aux religieuses, où il y a de simples petites croix de bois. Dormez en paix, Sœur Angèle...

Maintenant, c'est le soir. Deux vieilles personnes, s'appuyant l'une l'autre, viennent lentement jusqu'à la tombe et s'agenouillent en sanglots : « Notre fille ! notre seule fille ! » Puis en voici une autre. C'est un homme tout en noir, qui arrive lentement lui aussi. Mais quand il est là et soulève son chapeau noir, Edna voit avec horreur que ses cheveux sont blancs comme de la neige. Jimmy ! Trop tard, trop tard ! Les larmes coulent le long de son visage; il pleure *maintenant*. Trop tard, trop tard ! Le vent agite les arbres décharnés dans le cimetière. Jimmy lance un affreux cri amer.

Le livre noir d'Edna tomba avec un bruit sourd sur le sentier du jardin. Elle se dressa, le cœur battant. Mon chéri ! Non, il n'était pas trop tard. Ce n'a été qu'une erreur, un terrible rêve. Oh ! ces cheveux blancs ! Comment aurait-elle pu agir ainsi ? Elle ne l'a pas fait. Oh ! ciel ! Oh ! quel bonheur ! Elle est libre, jeune, et personne ne connaît son secret. Tout est encore possible pour elle et Jimmy. La maison dont ils ont conçu le projet peut toujours être bâtie, le petit garçon qui les regardera solennellement, les mains derrière le dos, planter des rosiers peut encore naître. Sa petite sœur... Mais quand Edna en arriva à la petite sœur, elle écarta les bras comme si le petit trésor venait vers elle en volant à travers les airs, et, regardant le jardin, les bouquets blancs sur l'arbre, ces amours de pigeons bleus sur l'azur, et le couvent aux fenêtres étroites, elle comprit qu'alors enfin pour la première fois de sa vie — elle n'avait jamais imaginé une sensation semblable avant — elle savait ce que c'était qu'être amoureuse mais : amoureuse !

BALANÇOIRE

Le printemps. Quand les gens quittent la route pour les prés, leurs yeux deviennent fixes et rêveurs comme ceux d'hommes se débattant dans une mer chaude. Il n'y a pas encore de pâquerettes, mais la douce odeur de l'herbe s'élève, s'élève en toutes petites vagues au fur et à mesure qu'on avance. Les arbres sont en plein épanouissement. Aussi loin qu'on peut voir, c'est toute une variété de verts qui apparaît en éventails, en crinolines, en riches et hautes plumes. Un vent léger les agite, les penche ensemble, les souffle en liberté de nouveau. Dans le ciel bleu flotte un essaim de minuscules nuages blancs, semblable à une couvée de canetons. Les gens flânent sur l'herbe; les vieux, essoufflés et trébuchant après leur long somme hivernal; les jeunes se liant soudain les mains, allant vers cet écran d'arbres dans le creux, ou vers ce massif d'ajoncs sombres aux crêtes jaunes. Ils marchent très vite, ils courent presque, comme s'ils avaient entendu l'appel au secours de quelque charmante petite créature prise dans la broussaille.

Au sommet d'un petit monticule vert, il y a un banc que les promeneurs aiment beaucoup. Derrière pousse un jeune châtaignier, aux formes de champignon. Au-dessous, la terre s'est effritée, est tombée, laissant trois ou quatre trous argileux — des caves, des cavernes...

Dans l'une d'elles, deux enfants avaient installé une maison, avec, pour mobilier, une minuscule pioche, une boîte d'allumettes vide, un clou aplati et une pelle. Lui avait les cheveux roux avec une longue frange, des yeux bleu clair, une blouse d'un rose passé et des souliers marron à boutons. Elle avait des boucles fleuries relevées par un ruban jaune et portait deux robes — celle de cette semaine en dessous et celle de la semaine dernière par-dessus. Cela lui donnait un air assez volumineux.

— Si tu ne me trouves pas de bouts de bois pour mon feu, dit-elle, il n'y aura pas de dîner. Elle fronça le nez et le regarda sévèrement. Tu sembles oublier que j'ai à faire un feu ! Il prit cela très tranquillement, tout en se balançant sur la pointe des pieds.

— Eh bien, où c'est que je dois trouver des bouts de bois ?

— Oh ! — elle agita les mains en l'air, — n'importe où, bien sûr... Et puis, elle murmura juste assez fort pour qu'il entendît : Ce n'est pas la peine qu'ils soient vrais, tu sais bien.

— Oh ! dit-il dans un souffle. Puis il cria, d'une voix forte et distincte :

— Bon ! je vais donc chercher quelques bouts de bois.

Il revint tout de suite avec une brassée.

— Y a-t-il là tout un fagot de deux sous ? dit-elle en tendant la jupe pour recevoir le bois.

— Écoute, je ne sais pas parce que c'est un homme qui se promenait qui me les a donnés.

— Ce sont peut-être des bouts de quelque chose qu'il a cassé. Quand nous avons déménagé, deux des tableaux se sont brisés et mon papa a allumé le feu avec eux, et ma maman a dit, elle a dit — un petit silence — « des manières de soldat ! »

— Qu'est-ce que c'est ?

— Mon Dieu ! Elle ouvrit de grands yeux et le regarda. Tu ne sais pas ?

— Non, qu'est-ce que ça veut dire ?

Elle tortilla un bout de sa jupe, le mordit, et regarda au loin :

— Oh ! ne m'ennuie pas, enfant, dit-elle.

Cela lui fut égal. Il prit la pioche et découpa un petit morceau du parquet de la cuisine.

— As-tu un journal ?

Il fit mine d'en attraper un en l'air et le lui tendit. Ziz, ziz, zig ! Elle le déchira en trois morceaux, s'agenouilla et posa les bouts de bois par-dessus. « Des allumettes, s'il te plaît. » La vraie boîte fut une joie, et les clous aplatis. Mais, fait curieux — zip, zip, zip — le feu ne voulut pas prendre. Ils se regardèrent consternés.

— Essaye de l'autre côté, dit-elle. Ah ! voilà qui est bien. Il y eut un grand éclair. Ils s'assirent sur le parquet et commencèrent à cuire la tarte.

. . . .

Deux gros petits vieux arrivèrent au banc à côté du châtaignier et s'y affalèrent. Elle portait un bonnet orné de lilas avec des lacets de velours lilas; une veste de satin noir et une cravate de soie, et chacune de ses mains, emprisonnées dans des gants de chevreau noir, laissait voir un morceau de chair rougeaude. Quant à lui, il avait la peau de son vieux visage bouffi, tendue et luisante. Il s'assit en croisant les mains sur son immense ventre mou, comme s'il faisait attention à ne pas le secouer ou le troubler.

— Il fait très chaud, dit-il, et il émit un son de trompette étrange et sourd auquel elle était évidemment habituée, car elle ne sourcilla point. Elle regarda dans le charmant lointain et s'agita.

— Nellie s'est coupé le doigt hier soir.

— Vraiment ? dit le vieux catarrheux. Puis : Comment s'y est-elle prise ?

— A dîner, avec un couteau.

Ils regardèrent tous deux devant eux, essoufflés, puis :

— Profondément ?

La vieille voix, faible et usée, la vieille voix qui rappelait un peu un morceau de dentelle noire à odeur vague, dit : « Pas très profondément. »

Il émit encore une fois cet étrange cri sourd, enleva son chapeau, essuya le bord et le remit.

La voix à côté de lui reprit avec une teinte de malveillance :

— Je pense que c'était par imprudence, et il répondit en soufflant dans ses joues : « Forcément. »

Mais alors un petit oiseau vint se poser sur une branche du jeune châtaignier au-dessus d'eux, et toute une chanson tomba en pluie sur leurs vieilles têtes.

Il enleva son chapeau, se souleva, et battit l'air en direction de l'oiseau dans l'arbre. Celui-ci, au loin, s'envola.

— Je ne veux pas que nous recevions de la fiente d'oiseau, dit-il, et il redescendit avec soin son ventre, avec précaution.

. . . .

Le feu avait pris.

— Mets ta main dans le four, dit-elle, « pis » vois si c'est chaud.

Il mit sa main, mais la retira avec un cri, et dansa de tous côtés. « C'est tellement chaud », dit-il.

Cela sembla lui plaire, à elle, énormément. Elle se leva à son tour, alla à lui, et le toucha d'un doigt.

— Aimes-tu jouer avec moi ? Et il répondit, à sa petite manière franche : « Oh ! oui. » Sur ce, elle s'écarta vivement de lui et cria : Je ne serai jamais prête si tu continues à m'ennuyer avec ces questions.

Comme elle tisonnait le feu, il dit :

— Notre chien a eu des chatons.

— Des chatons ! Elle s'assit en arrière sur les talons. Un chien peut-il avoir des chatons ?

— Évidemment, il peut. Des petits, tu sais.

— Mais les chats ont des chatons. Pas les chiens. Les chiens ont... elle s'arrêta, écarquilla les yeux, chercha le mot, ne put le trouver : il était parti. « Ils ont... »

— Des *chatons*, cria-t-il.

Elle tapa du pied à sa réflexion. Elle était rouge d'exaspération.

— Ce ne sont pas des chatons, gémit-elle, c'est...

— C'est, c'est, c'est, cria-t-il, en agitant la pelle.

Elle se rabattit sur la tête sa robe de dessus, et se mit à pleurer. « Ce n'est pas, c'est, c'est... »

Tout à coup, sans le moindre avertissement, il releva son tablier, et fit sa petite commission.

Au bruit, elle réapparut.

— Regarde ce que tu as fait, na, dit-elle, trop atterrée pour continuer à pleurer. Tu as éteint le feu !

— Ah ! tant pis. Changeons de place. Tu peux prendre la pioche et la boîte d'allumettes.

Ils allèrent à l'autre cave. « C'est bien mieux ici », déclara-t-il.

— Va-t-en, dit-elle, et trouve-moi quelques bouts de bois pour mon feu.

Les deux petits vieux au-dessus commencèrent à gronder sourdement, et, obéissant à l'invitation, ils se levèrent sans un mot, et s'en allèrent en vacillant.

CE N'EST PAS LA MAISON

« Deux à l'envers, deux à l'endroit. Un jeté, et prenez deux mailles à la fois. » Comme une vieille chanson, comme une chanson qu'elle eût chantée si souvent, que respirer seulement c'était la chanter, elle murmurait les instructions du modèle de tricot. Un nouveau gilet pour le colis de la Mission était presque terminé.

« Ce sont vos gilets, Mrs Bean, qui sont tellement les bienvenus. Regardez ces pauvres petits mioches qui n'ont rien à se mettre sur le dos. » Et la dame patronnesse lui montrait des photographies de repoussants petits objets noirs avec des ventres en forme de citron.

« Deux à l'envers, deux à l'endroit. » Le tricot tomba sur ses genoux. Elle poussa un long, un grand soupir, fixa les yeux droit devant elle pendant un moment, puis ramassa son ouvrage et recommença. A quoi pensait-elle lorsqu'elle soupirait ainsi ? A rien. C'était une habitude. Elle soupirait toujours. Dans les escaliers, en particulier, quand elle montait ou descendait, elle s'arrêtait, la jupe levée d'une main, l'autre main sur la rampe, et ouvrait de grands yeux devant les marches, en soupirant.

« Un jeté »... Elle était assise à la fenêtre de la salle à manger vis-à-vis la rue. C'était une aigre journée d'automne. Le vent courait dans la rue comme un chien maigre. Les maisons en face avaient l'air d'avoir été découpées avec une vilaine paire de ciseaux d'acier et collées sur un ciel gris en papier. On ne voyait pas une âme.

« Prenez deux mailles à la fois ! » La pendule sonna trois heures. Trois heures seulement ? La nuit semblait tomber déjà; la nuit venait en flottant dans la chambre, une nuit qui s'établissait sur les meubles, comme une poussière lourde, mettant un voile sur le miroir. Puis la pendule de la cuisine sonna trois heures, deux minutes en retard, car c'était ici la bonne heure, et non à la cuisine. Mrs Bean était seule dans la maison. Dollicas faisait des courses dehors. Elle était partie depuis deux heures moins le quart. Vraiment, elle devenait de plus en plus lente ! Que pouvait-elle faire de tout ce temps ? On ne passe pas plus d'un certain moment pour acheter un poulet... Oh! et cette habitude qu'elle avait de laisser tomber les rondelles du poêle quand elle remplissait le feu ! Elle pinça les lèvres, comme elle le faisait depuis trente-cinq ans, à la pensée de cette manie de Dollicas.

De la rue parvint un faible bruit, un bruit de sabots de cheval. Elle se pencha un peu plus pour voir. Bonté divine ! C'était un enterrement. En tête, venait le char vitré[1] roulant bon train avec, à l'intérieur, le cercueil verni reluisant (mais pas de couronnes). Trois hommes se tenaient devant, et deux derrière. Suivaient quelques voitures, les unes avec des chevaux noirs, d'autres avec des alezans. La poussière monta en spirales de la route, cachant à moitié la procession. Mrs Bean scruta les maisons d'en face pour voir laquelle avait les volets baissés[2]. Quel horrible aspect avaient ces hommes, à rire et à plaisanter ! L'un d'eux se pencha de côté et se moucha dans son gant noir : affreux ! Elle rassembla son tricot, y cacha les mains. Dollicas saurait certainement... Voilà, ils passaient... C'était la fin...

Qu'était cela ? Qu'arrivait-il ? Que signifiait ? Au secours ! Mon Dieu ! Son vieux cœur sauta comme un poisson, puis retomba au moment où la voiture vitrée se rangea contre sa porte, où les hommes dégringolèrent du siège avant, sautèrent de l'arrière, et où le

[1] En Angleterre, le corbillard est vitré.
[2] En Angleterre, on ferme les volets d'une maison où il y a un décès.

plus grand d'entre eux, avec un regard surpris vers les fenêtres, monta rapidement et furtivement le sentier du jardin.

« Non ! » gémit-elle. Mais si, le marteau de l'entrée tomba, et pendant un instant la frappa, l'abattit. Elle ouvrit la bouche, un long frisson froid la parcourut, et demeura dans ses mains et genoux. Elle vit l'homme reculer d'un pas, et il eut encore ce coup d'œil intrigué aux volets, puis...

« Non ! » gémit-elle, et, trébuchant, s'accrochant aux objets, elle parvint à atteindre la porte avant que le marteau retombât. Elle ouvrit celle-ci, le menton tremblant, les dents claquant, et tant bien que mal, elle articula : « Ce n'est pas la maison ! »

Oh ! Il avait reçu un choc. Comme elle rentrait, elle vit les chapeaux noirs, à la grille, se former en essaim autour de lui. « C'est pas la maison ! » marmonna-t-il. Elle était en train de refermer la porte quand il pêcha dans la queue de son habit un cahier recouvert de cuivre et l'ouvrit vivement.

— N° 20, Shuttleworth Crescent ?

— Rue Crescent. Tournez au coin. Elle leva la main pour indiquer, mais trembla et la laissa retomber.

Il levait son chapeau quand elle poussa la porte et s'appuya contre elle. Elle se mit à geindre, dans le hall obscur : « Allez-vous en ! allez-vous en ! »

Cloqueti-cloc-cloc. Clac ! Clac ! Cloqueti-cloc-clac ! entendit-on résonner à l'extérieur, puis un faible

Clac ! Clac ! Puis, silence. Ils étaient partis. Ils étaient hors de vue. Mais elle restait contre la porte, regardant droit devant elle dans le hall, regardant droit le portemanteau qui ressemblait à un gros homard avec les patères pour antennes. Mais elle ne pensait à rien, même pas à ce qui était arrivé. C'était comme si elle était tombée dans une cave dont les murs fussent ténèbres...

Elle revint à elle par un choc intérieur profond, au bruit de la grille qui battait, et de pas rapides et courts qui faisaient crisser le gravier. C'était Dollicas qui se hâtait vers la porte de derrière. Il ne fallait pas que Dollicas la trouvât là. Et vacillant, vacillant comme la flamme d'une bougie, elle retourna à son siège près de la fenêtre de la salle à manger.

Dollicas était dans la cuisine. Bang ! fit une des rondelles en tombant sur le garde-feu. Puis sa voix : « Je suis en train de mettre de l'eau pour le thé, ma'ame. » Depuis qu'elles étaient seules, elle avait pris cette façon de crier d'une pièce à l'autre. La vieille femme toussa pour se remettre d'aplomb.

— Apportez la lampe, s'il vous plaît, cria-t-elle.

— La lampe ! Dollicas traversa le couloir et resta dans l'entrée. Mais, il n'est pas quatre heures, ma'ame.

— Ça ne fait rien, dit Mrs Bean sourdement. Apportez-la. Et, un moment après, la servante mûre apparut, portant la douce lampe à deux mains. Sa large figure molle avait l'aspect qu'elle prenait toujours quand Dollicas portait quelque chose : on l'eût crue somnambule. Elle posa la lampe sur la table, baissa la mèche, la releva, la baissa de nouveau. Puis elle se redressa, et regarda sa maîtresse.

— Eh bien, ma'ame, sur quoi diable marchez-vous ?

C'était le gilet de la Mission.

— Tutt ! Tutt !

En ramassant le gilet, Dollicas pensa : « La vieille dame a sommeillé. Elle n'est pas encore réveillée. » En vérité, la vieille dame avait l'air vitreux, hébété. Et quand elle reprit son ouvrage, elle défit une rangée et se mit à dérouler ce qu'elle avait fait.

— N'oubliez pas la muscade, dit-elle. Sa voix résonnait fluette et sèche. Elle pensait au poulet pour le soir. Dollicas comprit et répondit : « C'est une volaille superbe ! », tout en baissant les volets avant de retourner à sa cuisine.

Table

IMPRIMERIE BUSSIÈRE À SAINT-AMAND (5-89)
D.L. JANVIER 1983. N° 6346-2 (8083)

[illegible]
[illegible]

Collection Points

SÉRIE ROMAN

R1. Le Tambour, *par Günter Grass*
R2. Le Dernier des Justes, *par André Schwarz-Bart*
R3. Le Guépard, *par Giuseppe Tomasi di Lampedusa*
R4. La Côte sauvage, *par Jean-René Huguenin*
R5. Acid Test, *par Tom Wolfe*
R6. Je vivrai l'amour des autres, *par Jean Cayrol*
R7. Les Cahiers de Malte Laurids Brigge
par Rainer Maria Rilke
R8. Moha le fou, Moha le sage, *par Tahar Ben Jelloun*
R9. L'Horloger du Cherche-Midi, *par Luc Estang*
R10. Le Baron perché, *par Italo Calvino*
R11. Les Bienheureux de La Désolation, *par Hervé Bazin*
R12. Salut Galarneau !, *par Jacques Godbout*
R13. Cela s'appelle l'aurore, *par Emmanuel Roblès*
R14. Les Désarrois de l'élève Törless, *par Robert Musil*
R15. Pluie et Vent sur Télumée Miracle
par Simone Schwarz-Bart
R16. La Traque, *par Herbert Lieberman*
R17. L'Imprécateur, *par René-Victor Pilhes*
R18. Cent Ans de solitude, *par Gabriel Garcia Marquez*
R19. Moi d'abord, *par Katherine Pancol*
R20. Un jour, *par Maurice Genevoix*
R21. Un pas d'homme, *par Marie Susini*
R22. La Grimace, *par Heinrich Böll*
R23. L'Age du tendre, *par Marie Chaix*
R24. Une tempête, *par Aimé Césaire*
R25. Moustiques, *par William Faulkner*
R26. La Fantaisie du voyageur
par François-Régis Bastide
R27. Le Turbot, *par Günter Grass*
R28. Le Parc, *par Philippe Sollers*
R29. Ti Jean L'horizon, *par Simone Schwarz-Bart*
R30. Affaires étrangères, *par Jean-Marc Roberts*
R31. Nedjma, *par Kateb Yacine*
R32. Le Vertige, *par Evguénia Guinzbourg*
R33. La Motte rouge, *par Maurice Genevoix*
R34. Les Buddenbrook, *par Thomas Mann*

R35. Grand Reportage, *par Michèle Manceaux*
R36. Isaac le mystérieux (Le ver et le solitaire)
par Jerome Charyn
R37. Le Passage, *par Jean Reverzy*
R38. Chesapeake, *par James A. Michener*
R39. Le Testament d'un poète juif assassiné
par Elie Wiesel
R40. Candido, *par Leonardo Sciascia*
R41. Le Voyage à Paimpol, *par Dorothée Letessier*
R42. L'Honneur perdu de Katharina Blum
par Heinrich Böll
R43. Le Pays sous l'écorce, *par Jacques Lacarrière*
R44. Le Monde selon Garp, *par John Irving*
R45. Les Trois Jours du cavalier, *par Nicole Ciravégna*
R46. Nécropolis, *par Herbert Lieberman*
R47. Fort Saganne, *par Louis Gardel*
R48. La Ligne 12, *par Raymond Jean*
R49. Les Années de chien, *par Günter Grass*
R50. La Réclusion solitaire, *par Tahar Ben Jelloun*
R51. Senilità, *par Italo Svevo*
R52. Trente Mille Jours, *par Maurice Genevoix*
R53. Cabinet Portrait, *par Jean-Luc Benoziglio*
R54. Saison violente, *par Emmanuel Roblès*
R55. Une comédie française, *par Erik Orsenna*
R56. Le Pain nu, *par Mohamed Choukri*
R57. Sarah et le Lieutenant français, *par John Fowles*
R58. Le Dernier Viking, *par Patrick Grainville*
R59. La Mort de la phalène, *par Virginia Woolf*
R60. L'Homme sans qualités, tome 1, *par Robert Musil*
R61. L'Homme sans qualités, tome 2, *par Robert Musil*
R62. L'Enfant de la mer de Chine, *par Didier Decoin*
R63. Le Professeur et la Sirène
par Giuseppe Tomasi di Lampedusa
R64. Le Grand Hiver, *par Ismaïl Kadaré*
R65. Le Cœur du voyage, *par Pierre Moustiers*
R66. Le Tunnel, *par Ernesto Sabato*
R67. Kamouraska, *par Anne Hébert*
R68. Machenka, *par Vladimir Nabokov*
R69. Le Fils du pauvre, *par Mouloud Feraoun*
R70. Cités à la dérive, *par Stratis Tsirkas*
R71. Place des Angoisses, *par Jean Reverzy*
R72. Le Dernier Chasseur, *par Charles Fox*

R73. Pourquoi pas Venise, *par Michèle Manceaux*
R74. Portrait de groupe avec dame, *par Heinrich Böll*
R75. Lunes de fiel, *par Pascal Bruckner*
R76. Le Canard de bois (Les Fils de la Liberté, I) *par Louis Caron*
R77. Jubilee, *par Margaret Walker*
R78. Le Médecin de Cordoue, *par Herbert Le Porrier*
R79. Givre et Sang, *par John Cowper Powys*
R80. La Barbare, *par Katherine Pancol*
R81. Si par une nuit d'hiver un voyageur, *par Italo Calvino*
R82. Gerardo Laïn, *par Michel del Castillo*
R83. Un amour infini, *par Scott Spencer*
R84. Une enquête au pays, *par Driss Chraïbi*
R85. Le Diable sans porte (*tome 1 :* Ah, mes aïeux !) *par Claude Duneton*
R86. La Prière de l'absent, *par Tahar Ben Jelloun*
R87. Venise en hiver, *par Emmanuel Roblès*
R88. La Nuit du Décret, *par Michel del Castillo*
R89. Alejandra, *par Ernesto Sabato*
R90. Plein Soleil, *par Marie Susini*
R91. Les Enfants de fortune, *par Jean-Marc Roberts*
R92. Protection encombrante, *par Heinrich Böll*
R93. Lettre d'excuse, *par Raphaële Billetdoux*
R94. Le Voyage indiscret, *par Katherine Mansfield*
R95. La Noire, *par Jean Cayrol*
R96. L'Obsédé (L'Amateur), *par John Fowles*
R97. Siloé, *par Paul Gadenne*
R98. Portrait de l'artiste en jeune chien, *par Dylan Thomas*
R99. L'Autre, *par Julien Green*
R100. Histoires pragoises, *par Rainer Maria Rilke*
R101. Bélibaste, *par Henri Gougaud*
R102. Le Ciel de la Kolyma (Le Vertige, II) *par Evguénia Guinzbourg*
R103. La Mulâtresse Solitude, *par Simone Schwarz-Bart*
R104. L'Homme du Nil, *par Stratis Tsirkas*
R105. La Rhubarbe, *par René-Victor Pilhes*
R106. Gibier de potence, *par Kurt Vonnegut*
R107. Memory Lane, *par Patrick Modiano* *dessins de Pierre Le-Tan*
R108. L'Affreux Pastis de la rue des Merles *par Carlo Emilio Gadda*
R109. La Fontaine obscure, *par Raymond Jean*

R110. L'Hôtel New Hampshire, *par John Irving*
R111. Les Immémoriaux, *par Victor Segalen*
R112. Cœur de lièvre, *par John Updike*
R113. Le Temps d'un royaume, *par Rose Vincent*
R114. Poisson-chat, *par Jerome Charyn*
R115. Abraham de Brooklyn, *par Didier Decoin*
R116. Trois Femmes, *suivi de* Noces, *par Robert Musil*
R117. Les Enfants du sabbat, *par Anne Hébert*
R118. La Palmeraie, *par François-Régis Bastide*
R119. Maria Republica, *par Agustin Gomez-Arcos*
R120. La Joie, *par Georges Bernanos*
R121. Incognito, *par Petru Dumitriu*
R122. Les Forteresses noires, *par Patrick Grainville*
R123. L'Ange des ténèbres, *par Ernesto Sabato*
R124. La Fiera, *par Marie Susini*
R125. La Marche de Radetzky, *par Joseph Roth*
R126. Le vent souffle où il veut, *par Paul-André Lesort*
R127. Si j'étais vous..., *par Julien Green*
R128. Le Mendiant de Jérusalem, *par Elie Wiesel*
R129. Mortelle, *par Christopher Frank*
R130. La France m'épuise, *par Jean-Louis Curtis*
R131. Le Chevalier inexistant, *par Italo Calvino*
R132. Dialogues des Carmélites, *par Georges Bernanos*
R133. L'Étrusque, *par Mika Waltari*
R134. La Rencontre des hommes, *par Benigno Cacérès*
R135. Le Petit Monde de Don Camillo, *par Giovanni Guareschi*
R136. Le Masque de Dimitrios, *par Eric Ambler*
R137. L'Ami de Vincent, *par Jean-Marc Roberts*
R138. Un homme au singulier, *par Christopher Isherwood*
R139. La Maison du désir, *par France Huser*
R140. Moi et ma cheminée, *par Herman Melville*
R141. Les Fous de Bassan, *par Anne Hébert*
R142. Les Stigmates, *par Luc Estang*
R143. Le Chat et la Souris, *par Günter Grass*
R144. Loïca, *par Dorothée Letessier*
R145. Paradiso, *par José Lezama Lima*
R146. Passage de Milan, *par Michel Butor*
R147. Anonymus, *par Michèle Manceaux*
R148. La Femme du dimanche
par Carlo Fruttero et Franco Lucentini
R149. L'Amour monstre, *par Louis Pauwels*
R150. L'Arbre à soleils, *par Henri Gougaud*

R151. Traité du zen et de l'entretien des motocyclettes
par Robert M. Pirsig
R152. L'Enfant du cinquième Nord, *par Pierre Billon*
R153. N'envoyez plus de roses, *par Eric Ambler*
R154. Les Trois Vies de Babe Ozouf, *par Didier Decoin*
R155. Le Vert Paradis, *par André Brincourt*
R156. Varouna, *par Julien Green*
R157. L'Incendie de Los Angeles, *par Nathanaël West*
R158. Les Belles de Tunis, *par Nine Moati*
R159. Vertes Demeures, *par William Henry Hudson*
R160. Les Grandes Vacances, *par Francis Ambrière*
R161. Ceux de 14, *par Maurice Genevoix*
R162. Les Villes invisibles, *par Italo Calvino*
R163. L'Agent secret, *par Graham Greene*
R164. La Lézarde, *par Édouard Glissant*
R165. Le Grand Escroc, *par Herman Melville*
R166. Lettre à un ami perdu, *par Patrick Besson*
R167. Evaristo Carriego, *par Jorge Luis Borges*
R168. La Guitare, *par Michel del Castillo*
R169. Épitaphe pour un espion, *par Eric Ambler*
R170. Fin de saison au Palazzo Pedrotti, *par Frédéric Vitoux*
R171. Jeunes Années. Autobiographie 1, *par Julien Green*
R172. Jeunes Années. Autobiographie 2, *par Julien Green*
R173. Les Égarés, *par Frédérick Tristan*
R174. Une affaire de famille, *par Christian Giudicelli*
R175. Le Testament amoureux, *par Rezvani*
R176. C'était cela notre amour, *par Marie Susini*
R177. Souvenirs du triangle d'or, *par Alain Robbe-Grillet*
R178. Les Lauriers du lac de Constance, *par Marie Chaix*
R179. Plan B, *par Chester Himes*
R180. Le Sommeil agité, *par Jean-Marc Roberts*
R181. Roman Roi, *par Renaud Camus*
R182. Vingt Ans et des poussières, *par Didier van Cauwelaert*
R183. Le Château des destins croisés, *par Italo Calvino*
R184. Le Vent de la nuit, *par Michel del Castillo*
R185. Une curieuse solitude, *par Philippe Sollers*
R186. Les Trafiquants d'armes, *par Eric Ambler*
R187. Un printemps froid, *par Danièle Sallenave*
R188. Mickey l'Ange, *par Geneviève Dormann*
R189. Histoire de la mer, *par Jean Cayrol*
R190. Senso, *par Camillo Boito*
R191. Sous le soleil de Satan, *par Georges Bernanos*

R192. Niembsch ou l'immobilité, *par Peter Härtling*
R193. Prends garde à la douceur des choses
par Raphaële Billetdoux
R194. L'Agneau carnivore, *par Agustin Gomez-Arcos*
R195. L'Imposture, *par Georges Bernanos*
R196. Ararat, *par D. M. Thomas*
R197. La Croisière de l'angoisse, *par Eric Ambler*
R198. Léviathan, *par Julien Green*
R199. Sarnia, *par Gerald Basil Edwards*
R200. Le Colleur d'affiches, *par Michel del Castillo*
R201. Un mariage poids moyen, *par John Irving*
R202. John l'Enfer, *par Didier Decoin*
R203. Les Chambres de bois, *par Anne Hébert*
R204. Mémoires d'un jeune homme rangé
par Tristan Bernard
R205. Le Sourire du Chat, *par François Maspero*
R206. L'Inquisiteur, *par Henri Gougaud*
R207. La Nuit américaine, *par Christopher Frank*
R208. Jeunesse dans une ville normande
par Jacques-Pierre Amette
R209. Fantôme d'une puce, *par Michel Braudeau*
R210. L'Avenir radieux, *par Alexandre Zinoviev*
R211. Constance D., *par Christian Combaz*
R212. Épaves, *par Julien Green*
R213. La Leçon du maître, *par Henry James*
R214. Récit des temps perdus, *par Aris Fakinos*
R215. La Fosse aux chiens, *par John Cowper Powys*
R216. Les Portes de la forêt, *par Elie Wiesel*
R217. L'Affaire Deltchev, *par Eric Ambler*
R218. Les amandiers sont morts de leurs blessures
par Tahar Ben Jelloun
R219. L'Admiroir, *par Anny Duperey*
R220. Les Grands Cimetières sous la lune, *par Georges Bernanos*
R221. La Créature, *par Étienne Barilier*
R222. Un Anglais sous les tropiques, *par William Boyd*
R223. La Gloire de Dina, *par Michel del Castillo*
R224. Poisson d'amour, *par Didier van Cauwelaert*
R225. Les Yeux fermés, *par Marie Susini*
R226. Cobra, *par Severo Sarduy*
R227. Cavalerie rouge, *par Isaac Babel*
R228. Tous les soleils, *par Bertrand Visage*
R229. Pétersbourg, *par Andréi Biély*

R230. Récits d'un jeune médecin, *par Mikhaïl Boulgakov*
R231. La Maison des prophètes, *par Nicolas Saudray*
R232. Trois Heures du matin à New York
par Herbert Lieberman
R233. La Mère du printemps, *par Driss Chraïbi*
R234. Adrienne Mesurat, *par Julien Green*
R235. Jusqu'à la mort, *par Amos Oz*
R236. Les Envoûtés, *par Witold Gombrowicz*
R237. Frontière des ténèbres, *par Eric Ambler*
R238. Les Deux Sacrements, *par Heinrich Böll*
R239. Cherchant qui dévorer, *par Luc Estang*
R240. Le Tournant, *par Klaus Mann*
R241. Aurélia, *par France Huser*
R242. Le Sixième Hiver, *par Douglas Orgill et John Gribbin*
R243. Naissance d'un spectre, *par Frédérick Tristan*
R244. Lorelei, *par Maurice Genevoix*
R245. Le Bois de la nuit, *par Djuna Barnes*
R246. La Caverne céleste, *par Patrick Grainville*
R247. L'Alliance, tome 1, *par James A. Michener*
R248. L'Alliance, tome 2, *par James A. Michener*
R249. Juliette, chemin des Cerisiers, *par Marie Chaix*
R250. Le Baiser de la femme-araignée, *par Manuel Puig*
R251. Le Vésuve, *par Emmanuel Roblès*
R252. Comme neige au soleil, *par William Boyd*
R253. Palomar, *par Italo Calvino*
R254. Le Visionnaire, *par Julien Green*
R255. La Revanche, *par Henry James*
R256. Les Années-lumière, *par Rezvani*
R257. La Crypte des capucins, *par Joseph Roth*
R258. La Femme publique, *par Dominique Garnier*
R259. Maggie Cassidy, *par Jack Kerouac*
R260. Mélancolie Nord, *par Michel Rio*
R261. Énergie du désespoir, *par Eric Ambler*
R262. L'Aube, *par Elie Wiesel*
R263. Le Paradis des orages, *par Patrick Grainville*
R264. L'Ouverture des bras de l'homme
par Raphaële Billetdoux
R265. Méchant, *par Jean-Marc Roberts*
R266. Un policeman, *par Didier Decoin*
R267. Les Corps étrangers, *par Jean Cayrol*
R268. Naissance d'une passion, *par Michel Braudeau*
R269. Dara, *par Patrick Besson*

R270. Parias, *par Pascal Bruckner*
R271. Le Soleil et la Roue, *par Rose Vincent*
R272. Le Malfaiteur, *par Julien Green*
R273. Scarlett, si possible, *par Katherine Pancol*
R274. Journal d'une fille de Harlem, *par Julius Horwitz*
R275. Le Nez de Mazarin, *par Anny Duperey*
R276. La Chasse à la licorne, *par Emmanuel Roblès*
R277. Red Fox, *par Anthony Hyde*
R278. Minuit, *par Julien Green*
R279. L'Enfer, *par René Belletto*
R280. Et si on parlait d'amour, *par Claire Gallois*
R281. Pologne, *par James A. Michener*
R282. Notre homme, *par Louis Gardel*
R283. La Nuit du solstice, *par Herbert Lieberman*
R284. Place de Sienne, côté ombre
par Carlo Fruttero et Franco Lucentini
R285. Meurtre au comité central
par Manuel Vázquez Montalbán
R286. L'Isolé soleil, *par Daniel Maximin*
R287. Samedi soir, dimanche matin, *par Alan Sillitoe*
R288. Petit Louis, dit XIV, *par Claude Duneton*
R289. Le Perchoir du perroquet, *par Michel Rio*
R290. L'Enfant pain, *par Agustin Gomez-Arcos*
R291. Les Années Lula, *par Rezvani*
R292. Michael K, sa vie, son temps, *par J. M. Coetzee*
R293. La Connaissance de la douleur, *par Carlo Emilio Gadda*
R294. Complot à Genève, *par Eric Ambler*
R295. Serena, *par Giovanni Arpino*
R296. L'Enfant de sable, *par Tahar Ben Jelloun*
R297. Le Premier Regard, *par Marie Susini*
R298. Regardez-moi, *par Anita Brookner*
R299. La Vie fantôme, *par Danièle Sallenave*
R300. L'Enchanteur, *par Vladimir Nabokov*
R301. L'Ile atlantique, *par Tony Duvert*
R302. Le Grand Cahier, *par Agota Kristof*
R303. Le Manège espagnol, *par Michel del Castillo*
R304. Le Berceau du chat, *par Kurt Vonnegut*
R305. Une histoire américaine, *par Jacques Godbout*
R306. Les Fontaines du grand abîme, *par Luc Estang*
R307. Le Mauvais Lieu, *par Julien Green*
R308. Aventures dans le commerce des peaux en Alaska
par John Hawkes

R309. La Vie et demie, *par Sony Labou Tansi*
R310. Jeune Fille en silence, *par Raphaële Billetdoux*
R311. La Maison près du marais, *par Herbert Lieberman*
R312. Godelureaux, *par Éric Ollivier*
R313. La Chambre ouverte, *par France Huser*
R314. L'Œuvre de Dieu, la part du Diable, *par John Irving*
R315. Les Silences ou la vie d'une femme, *par Marie Chaix*
R316. Les Vacances du fantôme, *par Didier van Cauwelaert*
R317. Le Levantin, *par Eric Ambler*
R318. Béno s'en va-t-en guerre, *par Jean-Luc Benoziglio*
R319. Miss Lonelyhearts, *par Nathanaël West*
R320. Cosmicomics, *par Italo Calvino*
R321. Un été à Jérusalem, *par Chochana Boukhobza*
R322. Liaisons étrangères, *par Alison Lurie*
R323. L'Amazone, *par Michel Braudeau*
R324. Le Mystère de la crypte ensorcelée, *par Eduardo Mendoza*
R325. Le Cri, *par Chochana Boukhobza*
R326. Femmes devant un paysage fluvial, *par Heinrich Böll*
R327. La Grotte, *par Georges Buis*
R328. Bar des flots noirs, *par Olivier Rolin*
R329. Le Stade de Wimbledon, *par Daniele Del Giudice*
R330. Le Bruit du temps, *par Ossip E. Mandelstam*
R331. La Diane rousse, *par Patrick Grainville*
R332. Les Éblouissements, *par Pierre Mertens*
R333. Talgo, *par Vassilis Alexakis*
R334. La Vie trop brève d'Edwin Mullhouse
par Steven Millhauser
R335. Les Enfants pillards, *par Jean Cayrol*
R336. Les Mystères de Buenos Aires, *par Manuel Puig*
R337. Le Démon de l'oubli, *par Michel del Castillo*
R338. Christophe Colomb, *par Stephen Marlowe*
R339. Le Chevalier et la Reine, *par Christopher Frank*
R340. Autobiographie de tout le monde, *par Gertrude Stein*
R341. Archipel, *par Michel Rio*
R342. Texas, tome 1, *par James A. Michener*
R343. Texas, tome 2, *par James A. Michener*
R344. Loyola's blues, *par Erik Orsenna*
R345. L'Arbre aux trésors, *par Henri Gougaud*
R346. Les Enfants des morts, *par Heinrich Böll*
R347. Les Cent Premières Années de Niño Cochise
par A. Kinney Griffith et Niño Cochise
R348. Vente à la criée du lot 49, *par Thomas Pynchon*

R349. Confessions d'un enfant gâté, *par Jacques-Pierre Amette*
R350. Boulevard des trahisons, *par Thomas Sanchez*
R351. L'Incendie, *par Mohammed Dib*
R352. Le Centaure, *par John Updike*
R353. Une fille cousue de fil blanc, *par Claire Gallois*
R354. L'Adieu aux champs, *par Rose Vincent*
R355. La Ratte, *par Günter Grass*
R356. Le Monde hallucinant, *par Reinaldo Arenas*
R357. L'Anniversaire, *par Mouloud Feraoun*